Un montón de piedras

Antología de cuentos

Un montón de piedras

Santillana Ediciones Generales, S. A. de C. V., 2012
Av. Río Mixcoac 274, Col. Acacias
México, 03240, D.F. Teléfono 5420 7530
www.alfaguara.com/mx

ISBN: 978-607-11-2185-1

Primera edición: octubre de 2012

Impreso en México

Jorge F. Hernández

Un montón de piedras

Antología de cuentos

Se apoyó en los brazos de Damiana Cisneros e hizo el intento de caminar. Después de unos cuantos pasos cayó, suplicando por dentro; pero sin decir una sola palabra. Dio un golpe seco contra la tierra y se fue desmoronando como si fuera un montón de piedras.

Pedro Páramo, JUAN RULFO

Un montón de piedras

Por encima de cualquier título que aparezca en informes o pasaportes, quien escribe antepone a su nombre y apellidos el orgullo feliz de saberse lector. Como toda indicación de humildad, esa aclaración de sentirse más lector de los libros ajenos que autor de sus propias obras puede malinterpretarse al instante como aviso de soberbia: es inevitable, pues tiene algo de presunción aceptar reunir en una antología los párrafos que uno mismo considera los mejores que ha escrito y publicado luego de haber recorrido algún tramo en el camino de una vida en tinta. El escritor intenta caminar, busca apoyarse en brazos de fantasmas, cree leer al mundo, vive y sueña de libros… y al desplomarse, vuelan las páginas que ha llenado de palabras como un reguero de piedras y piedritas. Habrá quien las deje esparcidas para que la larga amnesia dolorosa convierta esas historias en polvo y hay de pronto el milagro de que alguien reúne esos cuentos, no para lanzarlos contra ventanas o espejos, sino para construir un pequeño castillo de imaginación y memoria. Puro cuento y cuentos puros, que fueron arena para volverse vidrio, ventana o espejo.

En descargo del atrevimiento de reunir por primera vez una antología de mis cuentos quiero aclarar que me invade una profunda y sincera gratitud con quienes me permiten hacerlo. Quiero también adelantar que en casi todos los cuentos no niego mi condición de lector y, por ende, los signos de admiración que le profeso a los grandes escritores, vivos y eternos, verdaderos maestros del género que me han enseñado santísimas cosas en madrugadas de silencio, vagones de trenes, largas esperas de consultorio, aviones trasatlánticos, conversaciones de sobremesa e incluso obras de teatro o películas que tuvieron su origen en algún cuento o relato suyos.

Crecí en otro idioma, en medio de un bosque, donde el cuento se llamaba *short story*, "historia corta" y vengo de una familia guanajuatense que en español siempre ha mencionado como sinónimos cuentos y chistes. Me es común saber que las charlas de sobremesa o las conversaciones en carreteras de cualquier paisaje han de entretenerse contando historias que esencialmente nacieron como anécdotas o recuerdos. Tengo entonces para mí la asumida convicción de que el cuento es el género primario en la vida del lector, y quizá el género inicial para quien se descubre escritor.

Cuentos para atraer el sueño en la cama de los niños, en voces de abuelas que parecen grabaciones que nunca se borran; cuentos que erizan la piel, así pasen los años y se repitan sus miedos; cuentos que les contaba a Santiago y Sebastián y cuentos que ahora ellos mismos cuentan y recuentan; cuentos que son los chistes que nos inundan de risas, sin importar sus finales; cuentos que quizá prefiguran novelas o que se desprenden de un ensayo que no necesariamente contiene ficciones... Puro cuento decimos del que miente y ¿qué me cuentas? se nos vuelve sustituto ideal para saludarnos... Habrá quienes se preocupan por hacer cuentas, cuadrarlas y sumarlas; el escritor, por el contrario, se ocupa en hacer cuentos, encuadrarlos y restarlos... Habrá quienes viven la realidad en constante ajuste de cuentas; el escritor rinde cuentos y, al hacerlo, intenta otra realidad.

Se me agolpan las razones y emociones para escribir aquí de cuentos... e imagino que tendré que recurrir al uso de puntos suspensivos... y que me perdonen, pero ni modo... Es el cuento de nunca acabar... Cada abril confirmo que la sana locura del *Quijote* de Cervantes es contagio de poder leer libros infinitos, novelas que contienen cuentos y el cuento de nunca acabar. Decía Julio Cortázar que si bien la novela gana por puntos, el cuento procura noquear de un solo puñetazo contundente. Digamos que he intentado seguir el consejo, al igual que no niego el vano intento por lograr el efecto genial de los cuentos de Antón Chéjov, la perplejidad intacta que transpiran sus relatos perfectos al grado de confundirnos con la duda de si realmente terminan donde el autor puso punto y final o prosiguen en alguna página invisible, exigiéndonos completar el sortilegio con nuestra propia imaginación de lector. Digo que también creo en Jorge Luis Borges y sus cuentos como ensayos filosóficos y sus ensayos literarios como cuentos y declaro sin vergüenza lo mucho que quisiera convertirme en Adolfo Bioy Casares, ser el autor de tantos de sus cuentos que me parecían plagios de mis propias intimidades y que le sigo el ejemplo de narrar los cuentos aún inéditos casualmente y de sobremesa para verificar si de verdad seré capaz de escribirlos como historias convincentes… El cuento de nunca acabar, pero que tiene un inicio remoto en el anónimo día en que a uno se le ocurre escribir un cuento y fecha específica el día exacto en que se publica por primera vez una historia que pasa entonces a ser propiedad de quien la lea. Aquí es lugar para declarar que José de la Colina es mi Maestro, y ahora amigo, que me presentó en persona a Benito Pérez Galdós y cada una de sus páginas, los cuentos de Azorín, las *Greguerías* de Ramón Gómez de la Serna y además, me publicó mi primer cuento en un periódico… Aquí también debo decir que no sería cuentista sin la intercesión de Armida de la Vara, querida cuentista e incondicional pareja de mi Maestro Luis González, que me convencía de ser historiador.

Que no quepa la menor duda de lo mucho que admiro y releo los cuentos magistrales de Carlos Fuentes y que mantengo intacta devoción y azoro por los cuentos de Gabriel García Márquez y le debo tanto a los *intermezzos* de Álvaro Mutis como a sus novelas y a cada verso de su poesía… y digo entonces que mentiría si no declarase aquí las deudas contraídas ante una larga lista de novelas y novelistas… y el asombro y respeto que le profeso a los poetas… Tuve la fortuna de conocer y convivir con Octavio Paz y celebro tanto como releo "Mi vida con la ola", una de las obras maestras del género… Del poeta Eliseo Diego no quiero negar su estatura de inmenso poeta, pero agrego aquí la fina grandeza de sus pequeños relatos en prosa perfecta… Espero que no se me tome a mal publicar aquí la devoción y deuda que mantengo con Emilio Salgari, Julio Verne y, por sólo mencionar la Isla, con Robert Louis Stevenson… No inventaré que desde niño descubrí la grandeza de Charles Dickens, pero sí acepto públicamente que lo sigo reverenciando —como niño— por lo menos, cada Navidad... Hablo de los cuentos de Antonio Tabucchi, volátiles y de tanta importancia, y de los cuentos de Juan Villoro que brindan tanta luminosa sombra, haciéndonos cómplices culpables de su prosa crónica y sus cronópicos cuentos... Hablo de los breves relatos y crónicas, las novelas y todo párrafo que ha publicado Antonio Muñoz Molina y hablo también de los cuentos y novelas de Manuel Rivas; de ida y vuelta, aquí y allá, los leo escuchando sus voces y atesorando su amistad.

Uno tiene que aprovechar la oportunidad para decir que son todos los párrafos leídos (y no sólo los imaginados por uno mismo) los que conforman la identidad del cuentista... Que se sepa sin ambages que el que escribe se debe como lector a sí mismo y que en esos informes y pasaportes donde consignan nombres y apellidos, al lado de la profesión de *Escritor*, se debería declarar como patria o nacionalidad la lengua con la que hablamos, las palabras que escribimos y todos los idiomas posibles que leemos... No dejaré pasar esta línea sin confirmar mi admiración constante por los cuentos de Herman Melville, no para presumir como un cetáceo la mar de páginas de *Moby Dick*, sino más por evocar ese necio misterio que sería anónimo de no llamarse Bartleby y aquí mismo agradecer nuevamente ese otro enigma llamado Wakefield, entre tantos cuentos escritos por Nathaniel Hawthorne que permanecen vigentes en mente y lectura, y creo en los cuentos de Raymond Carver, tanto como sigo leyendo los relatos de Mark Twain como si lo hiciera por primera vez en la vida, tanto como no pasan muchas semanas para que vuelva a leer, como si sus libros se agitasen en el estante reclamándolo, algún cuento de O. Henry... No podría sumar en horas o atardeceres las muchas páginas que navegué con Horacio Quiroga y muchas tardes de intensas lluvias allá fuera, allí donde no sé en qué lugar ando por estar metido en otros climas, perdido en cuentos de James Thurber, Ray Bradbury o William Trevor y ya con canas las ganas que me dan de volver a empezar a escribir cuentos, como si nunca lo hubiese intentado, por culpa de Danilo Kîs... El paisaje del mundo entero, de cuento en cuento, de ida y vuelta... No negaré entonces que hay madrugadas en que me siento Jorge Ibargüengoitia y honro hablarle en silencio con la desvergonzada satisfacción de haber sido calificado como "demasiado ibargüengoitesco" por un sesudo crítico literario (que quiso ofenderme, sin saber que me condecoraba con uno de los mejores elogios posibles para un escritor) y no niego que me convencí del atrevimiento de escribir yo mismo cuentos, y soñar que los publicaría, por obra y gracia de los relatos con los que José Emilio Pacheco conformó *El principio del placer* (título ideal para un libro de cuentos que en realidad se volvió pasaporte para una vida entera)... y no quiero que parezca sangronada que entre estas devociones mencione al menos los cuentos en francés de Guy de Maupassant, los cuentos del japonés Yasunari Kawabata, los del italiano Giovanni Papini... y no alcanzarían las páginas para intentar saciar la inmensa deuda de gratitud que le tengo a tantos otros cuentistas... Quisiera abrazar aquí a Augusto Monterroso por su decálogo que lleva más de diez consejos para cuentistas, por lo que enseñaba en su taller y en su conversación, pero sobre todo por sus obras completas y el interminable cuento más corto del mundo. También hablo de cuentos únicos, cuentos sueltos, cuentos raros y desconocidos... El hombre al agua de Winston Churchill, la pata de mono de W.W. Jacobs, la nariz de Pinocchio de Collodi o la de Hans Christian Andersen...

Un escritor se debe también a sus editores, que le tienen fe y se arriesgan con poner su nombre y sus historias bajo su sello y aquí agradezco de veras a Diego García Elío, por mi primer libro de cuentos bajo el sello admirable de El Equilibrista... José Sordo al timón de Aldus, que además me convenció de la posibilidad de seguir siendo torero aunque la lidia sea con letras y a riesgo de otro tipo de cornadas... Miguel Ángel Echegaray que me incluyó en la colección El Guardagujas del Consejo Nacional para la Cultura y las Artes... Marcial Fernández que sabe lidiar cuentos como Miuras... Joaquín Díez-Canedo, por tanto mar de páginas que hemos navegado ya y lo que nos queda aún por recorrer... Gracias a él y a Juan García de Oteyza, a Consuelo Sáizar y al Fondo de Cultura Económica (que ha sido mi casa como autor y como editor), hasta ahora solamente me había tocado ser antologador de cuentos ajenos. El feliz resultado, en español y en inglés, se titula *Sol, piedra y sombras* (*Sun, Stone and Shadows*) y reúne a veinte cuentos y cuentistas mexicanos del siglo XX, que junté por obvia admiración y que menciono entre los autores del género que han marcado las ganas de no pocos escritores por sentirse cuentistas, con el perdón si repito autores ya mencionados: Helena Garro, Rosario Castellanos, Inés Arredondo, Octavio Paz, Carlos Fuentes, Juan Rulfo, José Emilio Pacheco, Sergio Pitol, Jorge Ibargüengoitia, Edmundo Valadés, Juan de la Cabada, Juan García Ponce, Martín Luis Guzmán, Juan José Arreola, Salvador Elizondo, Francisco Tario, José Revueltas, Francisco Rojas González, Alfonso Reyes y Efrén Hernández.

Lo cierto es que no todos los editores del mundo —¿o diré que es cosa de las editoriales como entes abstractos?— apuestan hoy en día por la publicación o viabilidad mercadotécnica del cuento y, sin embargo, el género (en todos los idiomas) sigue demostrando su valía y grandeza… Con todo, es obligación de escritor, más aún de cuentista y cuentero, signar el debido reconocimiento y gratitud que merecen los editores que confían en el cuento, ya en libro como en revista e incluso en periódicos o suplementos… y, efectivamente, muchos puntos suspensivos.

Uno escribe en silencio y a solas. Se sabe que los párrafos podrán leerse en voz alta y que todas las historias llevan voces que de pronto aparentan ser escuchadas, por ende, acompañadas en esa complicidad que establece el lector con el que escribe, pero en verdad: uno escribe a solas y en silencio. Intento apoyarme en ejemplos: al poeta Bergamín no se le ocurrió mejor explicación que bautizar como “música callada del toreo” al silencioso estruendo que provocó una tarde Rafael de Paula con la suave tormenta de su capote y el llamado Faraón de Camas, Curro Romero, que llegó a decir que su aspiración en el ruedo era volverse invisible, sabiéndose vestido de luces.

Siento que se desvanecen los pretextos y busco otro ejemplo: a principios del siglo XX, Félix Fénéon escribía novelas en tres líneas a partir de la nota roja que leía y jibarizaba en un periódico de París. Publicó más de mil novelas en tres líneas, ahora llamadas minificciones; todas en forma anónima, todas en torno a crímenes, locura y el bizarro cotidiano, sin que nadie adivinara que el autor era ese hombre de pómulos saltones, ojos hundidos, fichado como anarquista por la policía, reconocido como el descubridor del pintor Georges Seurat por la comuna intelectual de su época, atrevido primer editor de James Joyce en francés, barba de chivo, nariz de águila, fotografiado de frente y de perfil, en blanco y negro, arrestado por haber lanzado una bomba de las que sólo imaginábamos en las caricaturas, bomba redonda y negra, de mecha corta como rabo de pera o manzana... Incendiario, instantáneo, genial, loco, disfrazado, hipnótico, puntual, puntilloso, peligroso, escritor... al insinuarle un editor que debería reunir sus cuentínimos, novelas en tres líneas, en un libro, Félix Fénéon respondió ofendido: "Yo solamente aspiro al silencio". Invisible y en silencio, soledad acompañada de madrugadas en párrafos, uno escribe convencido de que las historias hablan por sí mismas, se entretejen y disuelven; coagulan verbalmente en medio de la nada... como piedras.

Lo saben muy bien en Colima, donde se publicó una primera edición no venal de la presente antología para distribución masiva y fomento a la lectura: *Al leer vives muchas vidas* dicen las calcomanías que lucen los coches y los autobuses a lo largo y ancho de ese paraíso llamado Colima, y de las varias vidas que me han tocado vivir hasta hoy no pocas se deben a novelas, pero sí todas a cuentos. Cuentos leídos y releídos... y ese afán inquebrantable por seguir escribiendo cuentos, e incluso cuentínimos, piedras y piedritas... También saben en Colima que en el camino que lleva al volcán hay una explicación racional y científica de por qué los coches y los carruajes parecen subir de bajada y avanzar cuando parecería que la pendiente los lleva de regreso. Por lo mismo, sabemos que a la sombra del hermoso volcán, Comala no es la Comala de Jalisco ni la que se imagina el lector en los párrafos de Juan Rulfo y, sin embargo, me consta haber estado sentado con Rulfo en Comala de Colima como si estuviéramos en Jalisco o en el antiguo café de la librería El Juglar de la Ciudad de México, donde le pedí que me firmara *Pedro Páramo*, tartamudeé unas sandeces que yo creía inteligentes, pero no se me ocurrió confesarle lo que era infinitamente inimaginable hasta hoy: el milagro de poder reunir algunos de los cuentos que he escrito y publicado desde entonces y ahora titularlos con una imagen de su imaginación como intento para explicarlos.

Con este libro llego al medio siglo de vida; cincuenta años que suman sin cuenta cuentos escritos en tinta propia, oídos en párrafos ajenos, revividos en largas sobremesas o contados en el silencio de las ya muchas travesías. Gracias. No necesito decir más palabras. Intento caminar. Me apoyo en brazos de Damiana Cisneros y de todos los personajes entrañables que he leído en libros de otros. Me acompañan personajes y tramas que yo mismo me atreví a inventar como quien suplica por dentro que me dejen caer de golpe sobre la tierra para que al mismo tiempo me vuelvan a levantar en las nubes.

Doy un golpe seco con el libro que ahora dejo en manos de algún lector, en espera de lograr también mutuas palabras calladas. Es esta antología: otoño de hojas, llenas de párrafos, palabra por palabra, letras hiladas. Quien lea estas páginas decide si merecen olvido o contarse o contagiarse y compartirse en voz alta en el diálogo del silencio… como hacemos con recuerdos. Me desmorono. Como un montón de piedras para el lector que como niño las lanza lejos o las hace casa… para la vieja lectora que las coloca como memoria de vida sobre una tumba… recuerdos de playa al atardecer para los enamorados que han de leer a dos voces… pedazos de un templo de poca fe o mucha esperanza… retazos de un muro derribado. Aquí quedan cuentos… Aquí estoy.

JORGE F. HERNÁNDEZ
27 de septiembre 2012

El fuego clásico

Siempre me habían llamado la atención las mujeres maduras. No tanto por la edad. Lo que me atraía era una suerte de serenidad, cuantimás si pintaba como senil, como promesa garantizada para pasar buenos ratos de veras, aunque con la debida resignación de que esos ratos no pasarían de ser interesantísimas charlas. Pura conversación y no más. Nada mejor para un joven que, entonces, no pasaba de los veinte años y ni ganas de meterme en enredos ni comezones.

A Matilde la conocí en la estación de trenes de Tampico, Tamaulipas, en 1952. Yo había estado de visita en casa de la Tía Nena, allá en Sayula, cuando me pidió que la acompañara a Tampico por unas deudas o no sé qué papeles que había dejado pendientes el Tío Chabelo. Apenas descendimos del tren vi a Matilde en el andén y en mi mente no tardé en imaginar el desarrollo de una posible relación como las que se daban en esa época: esa cabellera blonda con el número justo de canas que no cubre aún el cráneo con nieves necias ni mucho menos la necia metáfora de quienes presumen cabecita blanca. Era pelo polvoriento, como de ropero viejo con olor a alcanfores y cutis rosado impecable, tras una coqueta redecilla de encaje sobre el rostro inconcebible (diríase incongruente) de una virgen no del todo envejecida. Vestía un traje de los llamados sastre y daba la impresión de que esa musa se había arreglado ese día con el afán de impresionar a cualquiera.

A los quince días ya vivía yo en su casa, habiéndole argumentado a la Tía Nena que me quedaba en Tampico para visitar a unos viejos amigos, compañeros de la escuela. Matilde se había divorciado cuando Beto, el más chico de sus hijos cumplió dos años. Tenía otra hija, la mayor, que en ese entonces debió tener nueve o diez años, pero que no recuerdo su nombre. A los dos mocosos les caí de la patada desde el primer encuentro; me acechaban constantemente con tareas dificilísimas y me obligaban a jugar con ellos unos pinches jueguitos estúpidos donde yo siempre acababa siendo el imbécil del torneo.

Pero hablemos de Matilde. En su afán por satisfacer mis gustos culinarios le dio por inventar platillos dizque exóticos. Cinco semanas viví en esa casa y no hubo manera de controlar mis diarreas. Hasta la fecha, padezco del estómago nomás con acordarme de la lengua de res a la miel de maple o de las bolitas de carne cruda empanizadas con germen de trigo y polvo de azafrán en abundancia. Para colmo, yo nunca pedía postre, pero su hijita se empeñaba en que me comiera la mitad de su mazapán (de esos que pasan horas encerrados en la mochila) espolvoreado desatinadamente con sal de grano.

Lo peor de mi aventura no fueron ni los "nenes" ni la "comida". Desde los quince años no hay quien niegue mi nefanda propensión al alcoholismo irrefrenable. Yo mismo, ante el espejo, acostumbraba recitarme como si fuera un karma íntimo: *Eres heterosexual… ¡No lo niegues jamás!… y Serás un dipsómano, ¡Ni modo!* Así que confesada la psicosis y declarada mi enfermedad, paso a relatar que mi estancia en casa de Matilde se puede medir en litros, en las grandes pero calladas bacanales con las que soportaba las tardes con sus "nenes", el tormento de las "comidas"… y las eróticas noches de locuras interminables (que se prolongaban hasta el mediodía, luego de que los niños se largaran a su escuela).

Matilde hacía calistenias mientras yo leía cuentitos para dormir a los niños. En cuanto los mocosos empezaban a roncar, me dirigía a la habitación que pudo haberse llamado "matrimonial" y esperaba la llegada de mi Matilde. Aquí cabe mencionar que la musa de más que mediana edad había estudiado Historia del Arte en quién sabe qué Academia, ubicada en las calles de Bucareli de la Ciudad de México (junto a unos tacos). Esa época de su vida tuvo tal influencia en su personalidad trastocada, que aun pasados los años, al tiempo en que yo me suministraba grados extras de cualquier pócima graduada por Gay-

Lussac, de pronto se me aparecía Matilde totalmente desnuda, envuelto medio cuerpo en una sábana mojada por la transpiración de sus calistenias, con ambos brazos escondidos tras su espalda y diciéndome repetidas veces: "Grecia antigua, ven a mí...".

Confieso que en ninguna de las noches de esas cinco semanas en globo etílico me dieron ganas de reír. Al contrario, en el momento en que se me aparecía sentía que se me acrecentaba el mareo y toda la habitación se volvía un escenario en colores pastel, filmación desenfocada, frenesí voluptuoso de gemidos y murmullos que, de vez en cuando, rompían su silencio caliente con la repetición hipnótica (primero al oído y luego, a veces, a voz en cuello) *Grecia antigua, ven a mí... Grecia antigua, ven a mí.*

No cuento más detalles: a la quinta semana había acumulado suficientes borracheras como para garantizarme un pasaporte directo al delirium tremens y si me largué fue por salvar mi estómago, a sabiendas que me quedaba sin lugar para dormir ni dinero para tomar el primer tren que me llevara de vuelta a Sayula. Así que un jueves a media mañana, antes de que volvieran los "nenes" y aprovechando que Matilde había ido a comprar incienso, agarré mi maletita de cuero y salí corriendo de lo que podríamos llamar mi Delirio de Tampico.

Poco tiempo después, en la estación Buenavista de la Ciudad de México, me encontré con Alejandro Moncada, antiguo compañero de la preparatoria y desde entonces a la fecha, destacado publicista. Nos pusimos al día con las conversaciones vacías que imponen esas circunstancias... que si qué sabes de Filomeno... que si te enteraste que La Viruela quedó embarazada por el Profe Meléndez... que si te sigue gustando viajar en tren... que si te casaste y cuántos hijos tienes... Ambos teníamos tiempo de sobra y decidimos que en vez de seguir desperdiciando saliva en el andén nos invitábamos mutuamente una copa (lo cual garantizaba por lo menos dos tragos) y ya en la sobremesa sincera, allí donde se platican verdades y no las vagas necedades de cuando se charla con prisa, se me ocurrió contarle mi Delirio de Tampico.

Moncada no paraba de reírse y más cuando se nos alargaron las invitaciones mutuas de copas y más brindis. Dizque dejábamos de lado mi aventura para que me platicara cómo le iba de bien en su chamba de publicista y, de pronto, como sonsonete mareado él o yo lanzábamos con carcajada un *Grecia antigua, ven a mí…* y así estuvimos no horas, pero sí el tiempo suficiente para que Moncada perdiera su tren y yo me tuviera que parar —sin excusa ni pretexto— para abordar el mío. En ese entonces (tal como hoy) mi situación económica no estaba como para perderme un solo viaje: recorría (o más bien, sigo recorriendo) casi toda la República, hospedándome en casas de cualquier Tía Nena y buscándome la manera de aguantar (a veces meses y a veces, no más de cinco semanas) en casas divorciadas que me han alegrado la biografía. Se conoce que Moncada no tenía ningún problema en quedarse; cuantimás si pudieran imaginar las carcajadas que se quedó riendo solo, casi sin darse cuenta que me iba y sin despedirme.

Luego de esa noche, anduve casi un año por el Norte y fue en Chihuahua donde descubrí por primera vez la cajetilla de cerillos "La Central". Yo siempre cargaba un encendedor de los Zippo (convencido que a las mujeres maduras les mata ese detalle) y sin quererlo, al comprar una cajetilla de *Raleigh* sin filtro en la estación de trenes de Chihuahua, el encargado me los entregó con todo y esa pinche cajetilla que al instante me hizo asociar el nombre de Alejando Moncada, *destacado publicista*, con "La Central", institución inamovible en el mercado de los fósforos, digna luz de fuego clásico que se anuncia con la figura de mi Matilde (aunque el vulgo piense en la Venus de Milo), el impoluto Partenón de Atenas en ruinas y la trompa imperiosa de una locomotora… Belleza estética, mármol blanco y los cimientos de la civilización moderna, con el rugido inaudible de un tren a todo vapor. ¡Carajo, cuánto erotismo!, al menos para mí.

Desde entonces, procuro comprar esos cerillos. Son recuerdo vivo de una locura feliz, pequeños amuletos de una vagancia que se va esfumando, como hilito de vapor, luego de iluminarme las pupilas con el fuego clásico de mis recuerdos.

Dicen que Moncada se hizo millonario con *su* brillante idea (que quién sabe cómo logró justificar ante los dueños de la empresa ni mucho menos convencerlos de que esa imagen era la ideal para sus cerillos) y me imagino que Matilde (si es que aún vive) no tiene ni la mínima sospecha de que es ella la inspiración de esa publicidad irracional, pero he vivido no pocas madrugadas que —en plena oscuridad de cualquier habitación temporal o en la larga espera de otro tren en cualquier andén— de pronto se me pega con la saliva un cigarrillo sin filtro en el labio inferior, gabardina de película en blanco y negro, leve neblina o restos de vapor de locomotora, y enciendo el enésimo cerillo y juro que escucho en el silencio de mis primeras canas a mi Venus Matilde, gritándome a voz en cuello, un *Grecia antigua, ven a mí.*

Irse de pinta

Para Aura

No se puede decir que es inmenso, aunque la cantidad de árboles y bancas te den esa impresión. Los senderos que cuadriculan el lugar se encuentran alfombrados por lo que parecería un otoño constante y te imaginas que esas hojas son cadáveres de una fotografía en sepia. Tu actitud es casi heroica, más que atrevida dada la distancia tan lejana de tu casa o de tus papás. Sientes que ese parque exige que camines lento, que medites cada paso como si fueras un monje de siglos pasados. Te da remordimiento haberte pelado de las clases del día y empiezas a imaginar qué pasaría si nunca terminas la secundaria. ¿Y la prepa? ¿Y la carrera universitaria que tanto soñaste? En el fondo sabes que te vales madres, pero hay ratos en que te dan ganas de regañarte a ti mismo. Te da también por crearte culpas tú solito y autoendilgarte tareas como si fueras el sustituto del maestro que hoy mismo ha vuelto a ponerte una más de tus faltas de asistencia. Piensas que seguirás pidiéndole a tus cuates que intenten tomar lista por ti y luego, peleándote en los recreos cuando te informan que les fue imposible cubrirte las espaldas.

Tus papás nunca asisten a las juntas de los padres de familia del salón. Tu bata de química más bien parece una batita de noche japonesa con toda la gama de dibujos a plumón y calcomanías que has pintado y planchado sobre espalda y brazos. Te da por fumar en el baño y le haces publicidad a los *Commander* argumentando que las tres estrellitas de oro, al filo del filtro, son ejemplo de elegancia. Y ya sabes hacer aros con el humo.

Tus tacos de futbol son ingleses y te regocijas pateando a los enanos que no te llegan a la estatura que profesas en las canchas. Te acuerdas de pronto que quieres comprarte una pecera y llenarla de monedas. Te ves refugiado en tu cuarto, que alumbras con focos morados para que den la luz negra, dizque psicodélica iluminación perfecta para que escuches tus casetes a todo volumen. ¿A quién le importa la sordera? Si tú eres de los que se bañan para ir a las fiestas y te encanta presumir tu buen acento gringo cantando las de *Chicago* y, según tú, te ligaste a Teresa Legorreta y aseguras tener su teléfono apuntado y que no le hablas por flojera.

Tu closet sigue repleto de camisetas y medias blancas, todo impregnado con el olor de tus tenis. El librero repleto de carritos lo tienes dividido por categorías: primero, los clásicos; luego, los de carreras, los triunfadores, los consentidos, los de pilas, los de cuerda y en el último estante, los *Sizzlers*, ya empolvados desde quién sabe cuándo por la flojera de armarles su pista.

No le ves final al caminito que se te extiende enfrente, como tampoco le hayas el final a tus recuerdos. Una pareja de esas perfectas, de las llamadas "encantadoras" se te acerca y te piden que les tomes una foto sentados en la banca. Les dices que se junten y al momento de besarse, disparas como si la cámara fuera una pistola. En el fondo de tu mente te dan ganitas de que de verdad fuera un arma. Te quitas la cámara de la cara y esperas, dizque pacientemente, a que terminen de besarse. Te enfadas y les gritas que ya tomaste la foto. Oyes las risas y ves cómo se alejan por el sendero, burlándose de ti mientras levantan como un aleteo el tapete de hojas secas.

Te acomodas la bufanda y mantienes tu lento paso. Por dentro, sabes que nunca llegarás al final de ese sendero. Ya sabes que acabarás buscando refugio en una banca, como queriendo dormir para siempre. El frío envuelve tu cuerpecito. Tu pantaloncito de lana te sigue provocando comezón en las piernas y al momento de rascarte los tobillos, de pronto te acuerdas de tu mochila. Quién sabe dónde la dejaste olvidada. Es quizá la única prueba que podrían utilizar como evidencia de tu evasión o el eterno salvavidas con el que creías sobrevivir todos los oleajes y mareas de tus días. Te dan ganas de llorar porque ya no podrás pegarle más calcomanías ni podrás jugar con tu juego de escuadras "Baco", ni molestar a tus amiguitos con el piquito de tu compás. Te sientes cansado y te recuestas en una banca, en esa banquita eterna que parece de mármol, olvidando hoy las tareas de civismo y geografía. Ya no quieres acordarte de eso, ni de tu maestra, ni de tus compañeritos. De todo eso que llaman los años mozos, ya no quieres ni el recuerdo. Prefieres no pensar ni en los *Cazares* con *Miguelito en polvo y líquido*, ni en los *Jarritos* de tamarindo… ni en tu último cheque de jubilado, ni en tus ochenta y cuatro años de edad, ni en la impresión que le causarás a quien te encuentre en tu banquita, con las canas despeinadas y tus manitas arrugadas sosteniendo tu bastón. Y cierras tus ojitos sabiendo que de este sueño ya nunca despertarás.

Latiratura literoamericana

Gracias al azaroso encuentro con los manuscritos originales de las principales obras de Pedro Ramos Pinchetti Ramalo me permito elaborar un breve resumen de su brillante carrera literaria sin contar con argumento alguno que justifique mi empeño. Si acaso, aprovecho la ocasión para agradecer al Dr. Pablo Beltrán Muñiz —padre de la ginecología-veterinaria en San Felipe Torresmochas, Guanajuato— cuya invitación al inolvidable fin de semana que pasamos felices no pocos invitados a su rancho en Jiquilpan, Michoacán, facilitó notablemente la elaboración del presente trabajo. No sobra mencionar que el Dr. Beltrán celebraba en esa ocasión sus Bodas de Plata con la simpática y gentil Martita Lenguado, otrora conocida como la Viuda de Celaya. ¡Larga vida!

Pedro Ramos Pinchetti Ramalo (1871-1911)

A medida que el lector promedio avance en el conocimiento de la obra de Ramos Pinchetti se confirma la noción de que sus letras trascienden a su época, sino a todo tiempo y espacio, aplicándose algunos pasajes de su notable bibliografía no sólo a momentos actuales o intemporales de la existencia humana, sino incluso a dimensiones aún desconocidas para los habitantes del planeta.

Se dice que Ramos Pinchetti enloqueció a la edad de siete años a causa de un complejo de Edipo del tamaño del mundo, mismo que le provocaba repentinos brotes de la llamada cólera lila cada vez que escuchaba la voz de su padre referirse a su mamá como "mi chocolatito". Al parecer, el fenómeno era cotidiano y nadie reparaba en el efecto que causaba en la psique del infante la pronunciación del apodo, hasta que la Nana del Arrebol (legendaria sirvienta de la familia) ató los debidos cabos lingüísticos.

El padre de Ramos Pinchetti —Oliverio Guadaña— fue un adinerado cargador peruano que llegó a radicar en Lima a mediados del siglo XIX. Llegó a hacerse de cierto reconocimiento social al convertirse en el hombre que dedicó todos los ratos libres de su vida a la investigación minuciosa y detallada de la vida sexual de las llamas andinas. La madre, Juana Albricias (joven pastorcita que llegó a convertirse en notable estudiosa del Derecho Romano) dejó al morir una nutrida biografía de sosegadas resignaciones propias de su callada condición de madre extraordinaria.

Siendo el menor de ocho hermanos, Ramos Pinchetti tuvo que aceptar —contra su voluntad— su posición como jardinero derecho inamovible durante los tradicionales partidos de béisbol familiares. Fue en uno de esos torneos locales cuando Ramos Pinchetti conoció a su prima Chabuca, que a la larga resultó ser no sólo la musa e inspiración —hilo conductor de obra poética— sino también una extraordinaria primera base.

A la edad de diecisiete años, Ramos Pinchetti huyó de su natal Perú por temor a ser acusado por el incendio del laboratorio de química del Liceo Franco-Peruano. Temor un tanto cuanto irracional e innecesario puesto que el incendio se inició a las cuatro de la madrugada en la ciudad de Ayacucho, localidad que jamás conoció ni visitó Ramos Pinchetti. Además, era bien sabido que a esas horas nuestro autor acostumbraba permanecer dormido sin alteraciones y, subrayar el hecho de que en el momento del afamado incendio, Ramos Pinchetti llevaba ocho semanas postrado en su cama, de su domicilio familiar en Lima, a causa de una hepatitis mal diagnosticada por su propia Nana del Arrebol (único error analítico que cometiera la sirvienta en sus más de treinta años de servicio en casa de Oliverio Guadaña).

Refugiado en La Paz, Bolivia, Ramos Pinchetti inició su carrera intelectual y literaria con un ensayo filosófico-político, lúdico y silente, en torno al sistema judicial boliviano, luego de descubrir que el presidente en turno, no sólo era un pésimo jugador del ajedrez, sino también un cleptómano empedernido, llegando al grado de atesorar en la Biblioteca del Palacio del Centavo alrededor de sesenta y dos mil alfiles, robados de diferentes tipos y formas de ajedreces del mundo entero. En su ensayo, titulado *Bolivia, ¿para qué?*, Pinchetti proponía una reunión extraordinaria de casi todos los jefes de Estado del mundo Occidental (y una selección congruente de representantes de Medio y Lejano Oriente) con el fin de reubicar las piezas robadas en sus respectivos tableros y así garantizar la paz del orbe. Más adelante, Pinchetti exigía la inmediata desaparición total del territorio boliviano, sugiriendo colocar en su lugar o convertir el espacio en una inmensa masa de tierra humeante que podría servir como escenario ideal para futuras conflagraciones mundiales.*

Habiendo sido expulsado de Bolivia como persona nongrata (condonada su pena de muerte por intercesión de la Unión Ajedrecista de Milwaukee, U.S.A., a la sazón pioneros en la exportación masiva de la llamada planta coca), Ramos Pinchetti fue acogido en Brasil, inmenso país que llevaba años contemplando la posibilidad de borrar a Bolivia de los mapas, en particular por las preocupaciones futuristas del Dr. Vinicius Moreira Salgalo (el llamado *Padre Verdeamarela del Futbol Carioca*). En Brasil, Ramos Pinchetti obtuvo el Doctorado Honoris Causa Pernambucano y, en un acto de justicia y reconocimiento intelectual, la cátedra emérita que a la fecha lleva su nombre (aunque se encuentra vacante desde hace tres décadas) en la entonces florida Universidad de Porto Belhinho.

En 1895 aparece el primer poemario de Ramos Pinchetti bajo el enigmático título *Mi Chabuca*. Algunos críticos lite-

---

* Un siglo después de la polémica publicación de la escandalosa propuesta de Ramos Pinchetti, en medio del conflicto feroz conocido como la Guerra de las Malvinas, el insigne poeta ciego, José Luis Borgues sugirió que las mentadas y disputadas islas Falkland o Malvinas debían cederse a Bolivia (y más considerando que así se le daba real sentido a la Marina Boliviana que, a falta de mar, simulan navegaciones en maquetas). A la fecha, no pocos analistas encuentran una lejana influencia de Ramos Pinchetti en la declaración de Borgues.

rarios han querido ver en el nombre del libro una dirigida insinuación familiar —amén de romántica— con lo cual el poemario resulta ser una elegía estética de las cualidades beisbolísticas de su prima —en realidad, musa— donde el bardo se explaya en una marcada profundidad (cualidad heredada de su formación como jardinero derecho en el equipo paterno). En un bello gesto diplomático, Ramos Pinchetti insistió en agradecer la hospitalidad carioca publicando el primer tiraje de cincuenta mil ejemplares de *Mi Chabuca* en edición bilingüe. Debido a que Pinchetti no entendía ni pizca del portugués, el intento resultó en una mezcolanza del maya con el arameo, más algunos tecnicismos de la antigua lengua croata, revueltos con modismos irlandeses, producto del ecuménico afán de nuestro poeta por congraciarse principalmente con marineros en tabernas de puerto. Sobra mencionar que, al no conocer Pinchetti ninguna otra lengua que su maternal español peruano, el resultado desastroso provocó una reacción contundente: engañándolo con una falsa invitación a un partido de futbol (en ese entonces practicado con dos o más balones en juego), sus compañeros profesores de la Universidad de Porto Belhinho lo llevaron directamente al Monumental Hospital Psiquiátrico de Belo Horizonte (conocido desde entonces como *A Casa Do Risinha*), al tiempo que le obsequiaron una camiseta del glorioso conjunto *Cachazeiros do Belem*. Contra las expectativas, el confinamiento de Pinchetti resultó provechoso: de esos años data la elaboración de sus novelas *Dos Napoleones en casa* y *Jair, ¡por favor ya bájate de allí!* Se trata de dos novelas —de largo aliento— apasionadamente autobiográficas en donde el lector, de verse de veras envuelto en sus respectivas tramas acaba leyendo en voz alta (más bien, a gritos) y se ha comprobado que todo lector promedio que se ha aventurado en la lectura de estos novelones ("obras maestras", según un tío abuelo de Chico Buarque de Holanda) no puede evitar desgarrase las ropas en lugares públicos, quizá debido a la dinámica hipnótica con la que se confeccionaron sus párrafos.

Debido a su buen comportamiento, a su progresiva mejoría confirmada por el cuerpo médico del monumental psiquiátrico y por insistencia de la Liga Brasileña en Defensa de la Lectura Racional, las autoridades brasileñas permitían a Ramos Pinchetti salir del manicomio en épocas de Carnaval, con el pretexto de que *la samba allana toda neurosis* y bajo la única condición de que no se podría quitar ni por un solo minuto el disfraz de hipopótamo que él mismo se confeccionó en el taller de manualidades del frenopático. Fue precisamente durante el Carnaval de 1902 cuando Ramos Pinchetti logró colarse en un barco griego, burlando la vigilancia de puerto al argumentar que formaba parte del Gran Circo Italiano que zarpaba esa misma noche y en ese barco heleno. Sobra mencionar que mucho benefició al azar el alto grado de embriaguez carnavalera que llevarían en las venas los agentes aduanales al solicitar pasaporte y billete de embarque a un hipopótamo, con el cual —además— entablaron conversación.

Desembarcando en Marsella, julio de 1902, Ramos Pinchetti inicia lo que se conoce como su "Época Europea" con la confección de sus dos libros de cuentos más célebres: *Aquí, todo es comer* y *Malestar estomacal.* De los setenta y dos relatos repartidos en ambos volúmenes, sólo merece mención especial la breve historia donde Pinchetti relata la angustia de un obrero alemán, enamorado profundamente de una costurera inglesa; almas separadas por algo más allá de la geografía (¿premonición de futuros conflictos en el escenario geopolítico europeo?); amor de lejos y más, si se añade que ambos amantes jamás habían salido de sus respectivos terruños y su mutua infatuación no era más que platónica. Otra genialidad de Pinchetti.

Becado por el Instituto de Investigaciones Bélicas de Viena (aún territorio imperial austro-húngaro) Ramos Pinchetti viaja por Bavaria y Renania, en ruta a Viena, con el afán de "empaparse del alemán y, de paso, aprender a manejar con cierta destreza alguna arma de fuego. Sin embargo, desde su llegada a Viena su "Época Austríaca" no será menos que pacífica e intelectual, pues por un azar que no viene detallado en sus *Memorias*, Pinchetti entabla profunda amistad con el Dr. Sigmund Freud en el cafetín de la esquina de la calle Bergstrasse, vía que en el número 13 albergaba la casa y primer consultorio del posteriormente laureado psicólogo. Freud y Pinchetti se inscribieron juntos, aunque por separado, en la Academia de Ballet Högensbaum, fincando una amistad que se convirtió, en palabras del propio Pinchetti, "en una penetrante influencia (...) incluso de manera inconsciente, sobre todo cuando estoy dormido". Ejemplo de lo anterior es su célebre ensayo "Psicoanálisis y Traición: Enfoque e Intromisión de los Sueños", que cuenta con el poco conocido Prólogo donde Sigmund Freud alaba la facilidad y calidad literaria de Ramos Pinchetti para escribir dormido, amén del elogioso guiño a sus marcados avances en diversas coreografías que ambos habían sorteado, no sin dificultades, en la Academia Högensbaum.

Dos años después, una discusión acalorada sobre cuál de los dos merecía protagonizar el papel estelar en "El lago de los Cisnes" para la función anual a beneficio del Honorable Cuerpo de Bomberos de Viena marcó la ruptura total de la relación Freud-Pinchetti. Gracias a ello, nuestro autor —otrora peruano y ya desde entonces Universal— logró dedicarse a la culminación de una obra que anhelaba abordar desde hacía mucho tiempo, quizá incluso desde la infancia. Efectivamente, ¿quién diría que aquellos gritos y el intercambio de cachetadas en pleno café "Shatzie", entre Pinchetti y Sigmund Freud, darían el necesario giro para su consagración en el mundo de las letras universales. Estamos hablando, obviamente, de la trilogía *Los pasos de Mercurio*, legado invaluable para la humanidad entera.

Pedro Ramos Pinchetti Ramalo dedicó los que serían los últimos años de su vida, muriendo —inesperada e injustamente— al tiempo en que preparaba dos tomos que se anexarían a lo que fuera su sueño literario, mismos que por la crueldad del destino no fueron siquiera planteados formalmente, dejando en trilogía lo que bien pudo haber sido un quinteto enciclopédico de sabiduría incontenible. A continuación, ofrezco una breve semblanza de los tres tomos que componen el legado de Ramos Pinchetti, habiendo tenido la oportunidad de leer (con lupa) las tres mil doscientas páginas (en papel cebolla o tipo Biblia) con la diminuta caligrafía que algunos filólogos y expertos en dactiloscopía califican como "auténticas hormigas de tinta… ilegibles para el ojo común".

Los pasos de Mercurio

I. El arpa de los conglomerados

Luego de presentar siete extensos ensayos sobre el devenir socio-político de Europa, Ramos Pinchetti dedica nueve capítulos al análisis profundo de veinte siglos de la cultura Occidental, valiéndose de la biografía de la aceituna (como cultivo, aceite y botana) como guía metodológica para sus conclusiones. Otro curioso recurso historiográfico que profesa Pinchetti en su recorrido, sobre todo en la parte medieval, descansa en sus ponderaciones sobre el peinado de los habitantes, el largo de las faldas y la invención del tenedor portátil.

Este primer tomo incluye también la novela *Nubarrones*, donde Pinchetti se vale de historias, anécdotas y personajes perfectamente dibujados por su prosa para brindarnos una visión íntima de la vida europea a lo largo del siglo XVII. Guiado por los ires y venires de una típica familia alemana, Pinchetti narra un mural policromado que, de generación en generación, utiliza tragedias o pendencias biográficas como metáforas para un retrato generalizado de la sociedad europea. Allí donde Hans padece escorbuto, Europa parece decantarse en la podredumbre burguesa o cuando Helga le oculta a su novio una penosa enfermedad venérea, parecería que Pinchetti trazara entrelíneas una dura crítica a la pobreza extrema de no pocos sectores económicos de esa época europea; la miopía del viejo Fritz no es más que alusiva al incierto futuro que le esperaba a Polonia o los claros síntomas de osteoporosis que aquejan a Wilhem Mütz no son más que insinuado aviso de posteriores totalitarismos siniestros.

Cierra el volumen una deliciosa colección de poemas que Pinchetti juntó bajo el título de *Odas ignotas para mi América*. Entre sonetos y versos libres, algunos breves o acortados a posta a la mitad de sus sílabas, Ramos Pinchetti parece brindar un homenaje a las diversas luchas por la Independencia en Hispanoamérica, sin hacer una sola alusión a la geografía ni a los personajes de *su América*; se trata más bien de odas en espejo, pues al excluir alusiones americanas y concentrarse más bien en nombres y biografías de la Europa entera, Pinchetti subraya precisamente la Independencia de todas las Américas, no con desdén ni desprecio, sino magistralmente obviándolas, sin una sola mención a *su natal Perú* o cualesquiera otros territorios de *su habla*. De hecho, la palabra *América* sólo aparece en el título del poemario. Una genialidad más del genio (valga la redundancia).

II. Los escalones de Machu Pichu

La primera parte de este tomo se compone de una docena de relatos autobiográficos que, auxiliados por una notable facilidad para la anécdota y su rememorización, describen la vida cotidiana del espíritu latinoamericano a través de sencillas claves emocionales como la siesta, el ocio, la corrupción, los pequeños triunfos en juegos de mesa, el vértigo de caballos al galope, la sobriedad de las mesas campesinas, el recorrido visual por las fachadas típicas de diversas ciudades americanas y el minucioso análisis de cada uno de los diferentes acentos con los que se habla no sólo el idioma español o lengua castellana en Sudamérica, sino los guturales giros y enredadas vocales de más de ciento veinte dialectos indígenas del continente entero.

Se dice que Ramos Pinchetti quiso insertar en este segundo tomo una novela que ofreciera una versión personalísima de la Conquista de la Nueva España, pero que nuestro autor abandonó tal empresa no solamente por desconocer casi por completo el tema y sus consecuencias, sino también porque aborrecía de la prosa de

Bernal Díaz del Castillo y desconfiaba enteramente de la veracidad de las llamadas *Cartas de Relación* del conquistador Hernán Cortés. (De Pinchetti es la célebre y discutida frase: *¿Cómo confiar en cartas signadas mucho antes del establecimiento formal del correo y siglos que faltaban para la invención del timbre?*)

A cambio, Ramos Pinchetti incluyó en el segundo tomo la novela *Por unos granos de Cacao*, siendo Cacao el protagonista de esta saga llamada "retrato del esclavismo", humilde y sacrificado mulato —panamericano, sin nacionalidad fija— cuyo único salvoconducto ante los entuertos de su existencia radica en la consistencia de sus bíceps y el filo de su machete, sin importarle a él ni a la trama novelística los serios problemas que presentaba su cutis facial desde su nacimiento. Ubicada en la imaginaria ciudad de Pantioquecía, *Por unos granos de Cacao* reúne a toda una constelación de personajes raros y extraordinarios que con sus vidas y respectivas intimidades imaginativas proyectan la auténtica condición humana de la América ignota, esa dolida geografía del siglo XIX que tanta saliva contagia a historiadores y literatos del mundo entero. Entre todos, destaca la figura de Joaquín Maltrecho, soldado federal y primer telegrafista de Pantioquecía, enemigo acérrimo de Cacao. Pinchetti logra que Maltrecho se mantenga vivo y presente en cada giro de la larga trama y, de hecho, es el único personaje que no muere en la novela, sino que por una fantasía ingeniosísima del autor se convierte en una planta perdida en medio del cafetal más grande de Pantioquecía. ¡Cuántas interpretaciones ha suscitado esta metáfora lúcida! No pocos lectores podrían concluir que la transubstanciación de un soldado en cafeto no es más que una visionaria premonición del oprobioso imperio del narcotráfico que martiriza a Latinoamérica ya bien entrado el siglo XXI, un siglo después de que Ramos Pinchetti iluminara al mundo con su ingenio.

III. Las alas de la bondad

Único de los tres tomos que se hace acompañar con detalladas ilustraciones a lápiz, éste resulta ser no solamente extraordinariamente ameno, sino verdaderamente entretenido. Cabe mencionar que los dibujos que decoran casi todas las páginas non del grueso volumen (con un total de mil cuarenta y tres páginas, en papel Biblia o cebolla) fueron realizados por el propio Pinchetti, mérito inconmensurable si se considera que dibujó a mano todos los ejemplares de la primera y única edición, compuesta por un asombroso tiraje de tres mil ejemplares.

Este tercer y último tomo del legado de Pinchetti se encarga de brindarnos la visión filosófica de los contactos que tuvo nuestro autor con el Budismo Zen en un barrio de Ámsterdam, sus exploraciones por los senderos del Shintoismo (al enamorarse de una geisha en París, ya desencantado de su obnubilado enamoramiento por Chabuca) y los pocos pasos que dio Pinchetti por el Islam, como paisaje. Pinchetti narra con singular maestría sus viajes imaginarios por Asia Central y Medio Oriente (sin haber intentado siquiera conocer esas geografías en vida y personalmente). Algunos críticos literarios se valen de esta característica literaria para asociar el nombre de Ramos Pinchetti con los de Emilio Salgari y Julio Verne. No puedo dejar sin mencionar el entrañable pasaje donde Ramos Pinchetti narra —con la precisión de un minucioso mapa a escala perfecta— su primera visita a las pirámides de Egipto; la escena es memorable por el ripio donde Ramos Pinchetti es confundido por un beduino camellero y se ve obligado a soportar sobre sus espaldas a dos turistas noruegos que insistían en tomarse una fotografía sobre su lomo, evidentemente confundiendo su joroba.

Pedro Ramos Pinchetti Ramalo murió el 20 de febrero de 1911 en su natal Lima, Perú, mientras consagraba sus empeños intelectuales en la contemplación metafísica de los fenómenos eléctricos y a la meditación trascendental en horas de trabajo. Expiró sin imaginar que dejaba tras de sí un legado, más bien torrente, de inspiración, reflexión, enseñanza y memoria… y no prosigo porque, con toda honestidad, no tengo la menor idea de cómo concluir estas páginas, más bien pátinas sobre su espejo inmortal.

Eso que se diluye en los espejos

Sabes de qué se trata. Has escuchado o leído este tipo de relatos y seguramente conoces cómo se tipifican estos crímenes. Todo lo irás recordando como una vaga imagen del pasado, porque todo esto será como un sueño tranquilo, como una lectura en silencio. En otros tiempos quizá se vuelva una costumbre terriblemente cotidiana, pero aquí y ahora, está muy mal visto. Sabes que tu barrio y tus costumbres son minucias ante la oficialidad monumental que te espera. Todo es parte de un silencioso desembarco que aquí se inicia en tu recuerdo.

Las imágenes reflejan su recorrido como si fueran escenas de una película gris y borrosa: una residencia de lujo, las plantas silenciosas y unos espejos que reproducen el choque de copas y la caída accidentada de un collar de perlas. Es como si los espejos guardaran la imagen íntegra de aquella fiesta en tu mente, ¿qué más les queda? Nunca más podrán reproducir las risas ni los secretos. Esa mansión ya quedó clausurada por las autoridades.

El silencio de tus recuerdos se va volviendo cómplice de tu condena. Es un aullido callado, acusador, como los momentos sin un solo ruido que de niño te confirmaban la magia de tus trenecitos y la culpa escondida de tus mentiras. En silencio estas letras van formando visiones que se diluyen en los espejos de tu recuerdo. Te faltan pocos párrafos para ir a entregarte.

Abrirás la puerta como siempre lo has hecho y saldrás con cierta prisa, como saliste ayer, como lo haces a diario. Quizá te convenga afeitarte, procurar la elegancia y lucir tu corbata roja. Al llegar, simplemente entrégate, bien sabes que no es necesario describir los hechos —la prensa ya se encargó de reseñar detalladamente tu hazaña— y son muchos los que, de boca en boca, han memorizado el número de muertos y los enigmas de tu crueldad.

Los recuerdos que quedaron encerrados en esa residencia de lujo la han convertido en la mansión de tu propia mente. Una casona callada y fría que te desconcierta hasta calentarte las sienes. Los pocos muebles que no fueron alcanzados por las balas o salpicados con la sangre de tu noche son ahora los únicos habitantes de esa casona abandonada en tu memoria. Son como fantasmas que encarnan toda tu existencia, residentes de tu mente, inquilinos del recuerdo. Vuelan y desaparecen en los espejos de tus sueños enmarcados en maderas decimonónicas, doradas y colgantes.

De joven, en tus delirios confundías a los espejos con ventanas; los veías como cuadros de agua espectral, estanques poblados de sueños como si fueran paisajes de un túnel que se abrían ante tus ojos como pasajes a lo imposible. Pensabas que al incorporarte al vidrio despertarías en un lago de dimensiones infinitas y en medio de una placidez interminable. Esa noche, que ya es tu noche, veías en los espejos de la casa del crimen las lámparas de mil cristalitos como si fueran las olas de tus lagunas mentales, y en su reflejo escuchabas la música en vivo y sentías correr tu sudor, pero sin nervios.

Dos copas te ambientaron, te redujeron a la plática y abrieron tu apetito. Ese sabor picante del hielo convertido en agua de whisky se mezclaba con tu saliva con la misma amargura que tienen los rencores incomprensibles. Tarareabas un tango mientras te iluminaba un candil con oros; luz tenue que no dejará de ser amarilla, como una luz de madrugada, como la nieve que nunca se derrite en tu memoria. Tarareabas al son de la legítima plata *Christophle*, mientras tu traje de luto se paseaba entre los exagerados azules de la auténtica cerámica de Talavera, las alfombras ocres y los repetidos destellos de la elegancia que te rodeaba. Formabas una melodía interna al contemplar las imágenes que se deslizaban en tu mirada, reproducidas, multiplicadas en tus espejos.

Alargaste tu tonadita cuando saliste al coche por las metralletas. *No tardo, es que dejé en el coche mis cigarros… No, de verdad, no es necesario. En serio, no tardo y además, no hace falta... si dejé mi coche hasta delante. ¡Claro!, fui de los primeros en llegar...* No camines todavía, termina de leer. Entiendo que quieras cerrar los ojos, incorporarte y recrear tus pasos al coche. El jardín se ve más grande en tu recuerdo; con estas letras lo imaginas inmenso. Te distrajiste un momento al ver las velitas que flotaban en la piscina imperial. Si fuera de día, sería una alberca cualquiera, pero de noche es una piscina de residencia de lujo con velas que son reflejos en un espejo acostado que te invitan a sumergirte. Sentiste ganas de nadar, pero no. Tú tenías que cumplir tu sueño. Estaba todo arreglado.

Recuerdas tus manos al abrir la cajuela del coche. Primero levantaste la metralleta más grande; no sentiste el peso hasta cargar con la otra. Ni te molestaste en cerrar el auto; sentías prisa por volver a tu fiesta. Tu paso firme, arrastrando suficientes cartuchos como para abatir a un ejército. Subes los escalones de la entrada de mármol, sólo te ha visto un hombre que está en la puerta de la calle. Él piensa que las armas que llevas en brazos son una broma más de la fiesta. Al periódico declaró que en todas las reuniones de esa mansión hacían "loquera y media".

La primera ráfaga sonó como si las balas fueran tamborazos de la banda de música. Muchos pensaron que eran cohetes del más puro despilfarro. Los espejos se metían a tu vista bamboleantes porque tu cara, tus brazos y todo tu cuerpo vibran como un terremoto. Hacías fuerza para poder pasear tus metralletas de izquierda a derecha, como un regadero de muerte. Sentías cómo las balas perseguían a los gritos y rompían los cristales de tus espejos y esas ventanas que para ti son lo mismo. Veías cómo se teñían de rojo los fracs. Rojo y negro, declarando la vida en huelga. A tus pies rodaban las perlas, oías los gritos... los sigues oyendo con sólo leerlos.

El recibidor y la sala convertidos en una magnífica pintura horrorosa: los meseros vestidos ya de rojo total, boquiabiertos, jadeantes algunos, muertos la mayoría. Montones literales de gente estorban tus pasos, pero sigues firme, rematando. Que no se escape ni uno solo. Te recreas masacrando al pavo que reposaba en la mesa y de un solo golpe rompes los cisnes de hielo que decoraban la escena... los echas a volar... hacia los espejos.

Se te confunden las lociones y los perfumes con los olores de muerte y sangre. Algunos de tus fantasmas quedaron con los ojos fijos, mirándote horrorizados para siempre. Ahora ves los charcos rojos en las alfombras terriblemente persas y uno de los músicos tiene la última osadía de quejarse cuando le atraviesas la garganta con el pico de la chimenea. Recorres la sala pisando manos y caras. Todos reproducidos para siempre en el terrible silencio de tu recuerdo, su propia tragedia en estas páginas.

Escuchas ruidos que vienen de arriba, de alguna habitación. Al subir, los encuentras vistiéndose. El asco que te da ver las canas demasiado blancas del viejo te impulsa a despedazarlos con tus propias manos; la muchacha pelirroja llora inmóvil, intenta huir. Te gusta ver cómo se le empapa la ropa interior con su sangre. Disparas la última ráfaga a las almohadas llenando de plumas la habitación, como si limpiaras las risitas y los quejidos que se vivían aquí hace unos momentos.

Fumando, bajaste la escalera. Tu cuadro de horror sigue inmóvil; ni un solo muerto ha cambiado de lugar. Sales de la cocina tranquilo y sin importarte que te puedan agarrar o que te estuvieran esperando.

Todo lo recuerdas como una visión borrosa, un reflejo en un espejo viejo y manchado. Al leer estas líneas te preguntarás si es simplemente un cuento, un sueño de los que sueles inventarte. Quieres incorporarte y huir, dejar estas hojas y salir corriendo. Sabes que eres culpable. Al leer estas líneas has recreado los gritos y la angustia. Estas hojas se han vuelto un espejo de papel. Con sólo leerlas has recreado los oleajes de tu memoria borrosa. En tu mente has vuelto a leer esas caras espantosas, has recordado los olores y aquella tonadita de tango.

Piensas que no puede ser cierto, pero te intrigan tus nervios. Dudas, como la primera vez que te viste en un espejo. Eres otro. Los planos se intercambian, los lados cambian de sentido. Al afeitarte verás que la navaja en tu mano derecha amenaza con cortar tu mejilla izquierda; los lados se intercalan, todos tus planos son un contrasentido.

Tratas de recordar tus actos, todo lo que has hecho desde hace un mes, desde ayer; no puedes, te confundes. Prefieres olvidar. Intuyes que todo salió como en un sueño; nadie te vio ni mucho menos capturó. Sabes que fue de noche, vestido elegante y en una desconocida residencia de lujo ajeno. Nunca has sido sonámbulo, pero no importa, porque da lo mismo si mataste dormido o insistes en el consuelo de olvidarlo. La culpa es la misma. Según crees, llevas una vida normal; tus amigos, tus calles, tus rutinas... Sientes miedo porque ya es inevitable tu entrega y el despertar retrasado de esta pesadilla que creías desconocer.

Tus imágenes se consumirán en pocas líneas y te entregarás sin mucha explicación. No será necesario hablar de estas páginas ni pedir confesor. No te despidas de nadie y procura no pensar. No intentes explicártelo, no lo entenderás; tu recuerdo, aunque lo releas, seguirá siendo vago y casi ausente. Mejor entrégate, deja estas páginas que sólo han servido para intentar reflejarte. Deja de leer; quema, guarda o, mejor aún, regala estas líneas. Apresúrate, después de todo, sabes que sólo entregándote completas las letras que hacen de este reflejo el crimen perfecto.

Un romance antiguo

Hoy como ayer, me esperas en silencio. Callada, impávida y serena aguardas el inicio de nuestro ritual cotidiano. Te cortejo, coqueteas; intento decirte palabras a media voz, juegas al silencio; inicio las caricias con las yemas de los dedos, confirmas que no te aburren y que a mí jamás me agotan.

De día, nos separan horarios divergentes: recorridos y compromisos, el peso del tiempo y las grandes distancias de esta ciudad. Por las tardes ya te pienso y apuro mis conversaciones de sobremesa como si acelerase el atardecer, como sintiendo que tú también ya me piensas y entonces llega la noche. Te miro desde que vuelvo a abrir la puerta y llega nuestro silencio.

Contigo no guardo rencores ni busco formalismos. Me has alejado de las frases hechas y nunca has dejado de invitarme a soñar despierto. ¿Te acuerdas del día en que te escribí que te invitaba a conocer mis sueños, pero mientras dormía? Era de risa: que te pudieras inventar un mecanismo u otra magia de las tuyas para tomar dictadas todas las enredaderas de mi imaginación sin necesidad de despertarme. En realidad, conoces todas mis ilusiones desde el primer día que nos vimos; nos hemos embarcado en más de treinta viajes, aunque te incomodan. Hemos recorrido muy juntitos cada paisaje y todos los amaneceres contigo han sido literalmente inolvidables.

Quizá te he sido infiel con la mente y, a veces, con estas manos que ya son tuyas. Quizá haya noches en que paso por alto tu presencia y me dejo llevar por cuanta cosa te platico al vuelo y en ráfaga sin dejarle oportunidad a una posible conversación. Quizá… lo que quieras decirme, pero nunca he negado tu valía y el sostén que representas para mis desasosiegos, tu inevitable presencia en las oscuridades de todas mis noches.

Silenciosa, de pronto te puedes volver bullanguera e incluso ruidosa, más que musical. No digamos entonada. Te tranquilizas y vuelves a acomodarte en tu sobria definición de tentadora. Eso es: seduces sin miradas y me escuchas sin lanzarme consejos. Viajas sin caminar y esperas desesperada. En ti se junta la realidad con los misterios y todo lo indecible encuentra palabras contigo. A veces me convenzo de que eres un espejo infinito, que reflejas toda la locura y la poca cordura de quienes te rodeamos.

Pero eres eso y más: quien intenta definirte se topa con corredores incompletos. A veces te pienso ya conocida y me sales de pronto con nuevas facetas e incluso imitando acentos extranjeros. Inesperadamente, sueltas de memoria guiones de películas viejas que te aprendiste de memoria, quién sabe cómo. Lo sabes todo y en un solo día olvidas hasta las letras más elementales de las canciones que supuestamente hemos memorizado juntos, los versos de nuestros poetas entrañables, los párrafos con los que empiezan nuestras novelas favoritas.

Te recorro entonces como pradera infinita y te llevo con paciencia por los caminos que dices desconocer y luego me dejo guiar por la sabiduría de tus noches de sabihonda. En tus letras y en tus palabras caben todos los temas y realidades, desfila toda la historia y auguras todos los futuros. Polifacética y juguetona te encanta coquetearme con todos los sabores de este universo que hemos recorrido ya tantas veces juntos.

Te escribo a mano e imagino tus listones volando sobre la alfombra, soltándome el pelo y revoloteando imaginación compartida. Te escribo con mi mano que es la misma que logra espaciar tus extremidades y acariciar tus puntos sensibles... puntos suspensivos... y sé que piensas en mi mano siniestra, esta izquierda casi inútil que a veces consigue alargar nuestra plática de madrugada con la más leve gesticulación.

Confesémonos. Sé que le tienes celos a mi pluma y tu venganza se cumple mordiéndome los dedos, confundiendo sus movimientos. Si fuera guitarrista diría que logras desafinar cualquier melodía, mordiendo mis dedos como cuerdas, trastocando las pisadas que podrían ser notas... y le guardas rencor a ciertas corbatas que uso sabiendo que no te gustan o que se parecen descaradamente a los listones que enredas en tu cráneo.

Pierde cuidado. De lejos, por escrito o en mente, mis dedos siguen tuyos. Mi mente te seguirá pensando siempre y mis imaginaciones jamás evadirán tu conversación, tus palabras y cada una de tus letras. Sólo contigo encuentran ruta y voz mis propias letras y sólo tu oído —a veces, insensible— es capaz de confeccionarme palabras que hagan eco y me platiquen lo que siento.

Se acerca la noche nuestra y un nuevo reencuentro para esa pasión que siempre imaginamos. Te sorprenderás que te escribo esta carta, con la fatigada caligrafía de quien ya casi nunca escribe recados. Te quería decir todo lo que siento, sabiendo que nos esperan largas horas de intenso intercambio de caricias sin palabras, leves golpeteos que retumbarán en las orejas dormidas de los vecinos sin que tengamos que elevar nuestras voces, sin necesidad de que nos acompañemos con música. Nos esperan los nuevos silencios de siempre, irrepetibles y el mismo... Incluso, quizá hasta cuatro o cinco cigarrillos. ¡Qué difícil que lo entiendan los demás! La feliz historia de un romance único, fugaz, pero nuestro... Amada Máquina de Escribir.

El huevo de Colón
Crónica de un viaje trasatlántico

El paisaje que rodea al aeropuerto de Madrid-Barajas, a diferencia de otros aeropuertos del mundo, infunde un cierto ánimo de tranquilidad. Quizá por eso me sorprendió el saludo de quien se convertiría en el más divertido compañero de viaje. Apenas se acomodó en el asiento de al lado me dijo:

—Algo me huele mal, te digo. Casi nunca me falla el olfato, macho, y aquí algo me huele mal.

Cuando inicié mi ya clásico parlamento de persuasión con aquello de "No hombre, si los aviones son un medio de transporte muy seguro…", me interrumpió con su explicación profética:

—Si no lo digo por el miedo a volar. Digo que me huele mal, no en el sentido mejicano de algo dudoso o de que algo anda mal, sino en el estricto sentido de que aquí hay un olor fétido.

Cuando se había realizado el despegue y se nos indicó la liberación de cinturones, mi compañero se incorporó y comprobó rápidamente su corazonada. En el asiento de atrás viajaba lo que parecía ser un aventurero noruego o científico finlandés, acompañado de un pequeño perrito que —quizá por nervios— había tenido la ocurrencia de zurrarse en un asiento. Una vez que mi compañero se quejó con la azafata, inquirió por qué se permitía que volaran perros con los pasajeros y reclamara el importe de nuestros billetes, clasificados como "Clase preferente", se presentó formalmente:

—Me llamo Pablo Allen, manito. Perdona que haya iniciado el viaje tan mal…. Pero, ¡hay que ver! Mira que pagar una pasta por estos lugares que en otras líneas se llamaban bisness-clas, y que sólo en la compañía española reciben el mote de "preferente" y ¡que se te cague un perro en las espaldas!

Nunca imaginé que, al dejar que me asignaran el asiento en Barajas, la cortesía comercial y quintocentenaria de la señorita asignadora me elevara al rango de "preferente" y que me tocaría sentarme junto al equivalente hispánico de Woody Allen. En pocos minutos, Pablo se puso a platicar como si fuéramos viejos amigos y una de sus propuestas para pasar el largo rato que nos esperaba me sonó como su segunda premonición:

—La pasa uno tan mal en estos cruces de charco, que si no tenéis inconveniente os iré contando chistes. Verás: es que conozco muchos chistes, y buenos, de españoles. No sólo porque soy español y madrileño, sino porque además llevo ocho años de vivir en Méjico. ¡Qué digo vivir, *currar* en Méjico! Es que lo mío es realmente *currar*... Me la paso trabajando como un mulo.

Apenas había articulado ese párrafo cuando se nos acercó la azafata con una botella de vino de Jerez.

—La aerolínea os invita una copita de *Jeré* —nos dijo con acento cuasi-andaluz— y espero que vosotros sepáis comprender que por el problema que traemos a bordo no nos será posible atenderos como se merecen.

Yo imaginé que "el problema" era lo del perrito, pero Pablo rápidamente supervisó que ya habían limpiado aquello y mientras nos acomodábamos para indagar algún otro problema posible, el capitán anunció por el altavoz que había que permanecer sentados y abrochados los cinturones de seguridad.

Quedaba, por lo menos, una alternativa: solicitar que nos dejaran la botella del *Jeré* o pasarnos el viaje contando chistes. O hacer las dos cosas, pero el inquieto Pablo tenía un pie en el pasillo, listo para levantarse en cuanto lo permitieran, y desde su perspectiva me fue narrando lo que sucedía filas adelante. Resulta que "el problema" era que en la primera fila de esa clase "preferente" viajaba una viejecita con enfermera y suero al canto, evidentemente rica, pero también muy enferma.

Pablo no se aguantó y mandó llamar a la azafata con repetidos apretones al timbre que teníamos sobre la cabeza. Cuando por fin llegó, Carmen (que así tenía que llamarse) nos dijo casi en confidencia:

—Es que se trata de un *mujé mú* rica y que ha *engañao* a la aerolínea. Ha *disho* que sólo necesitaba silla de ruedas y ahora parece que la enfermera ha *disho* que la sacaron esta misma mañana del Hospital del Pilar en *Madrí.*

—¡Buá! Será lo que sea —interrumpió Pablo—, pero a nosotros nos tienen jodidos. Ni vinillo, ni jamón y ni quién se entere. *Ná de ná.*

Con las disculpas de Carmen se fueron nuestras posibilidades de salir adelante. Pero Pablo continuó reseñándome lo que veía desde su asiento de pasillo y, aunque yo veía por la ventanilla cómo se alejaba la tierra de nosotros y entrábamos a mar abierto, no puedo menos que intentar reproducir lo que me fue informando el Allan hispano-mexicano:

—Pues, sí que se val. Yo le calculo entre los ochenta y los noventa y dos años. Ya casi ni fuerzas tiene… va recargada hacia el pasillo… ¡Se va de lado, tío!, que si no viniera la enfermera ya se nos habría caído encima. ¡Joooder! La están rodeando con las mantitas… Yo creo que va a orinar. Sí, es eso. ¡Que las mantitas no alcanzan a tapar la escena, macho! La están alzando para que orine… ¡Jooodeer, que se ha cagao!

Ni bien exclamó Pablito el final de su ilustrativo informe, cuando invadió el avión un olor más intenso que el anterior. En eso, se levantó un pasajero que iba del otro lado del avión. Un hombre que parecía fraile sin hábito, de chaleco y lentes a media asta, que incluso inició su intervención como si fuera un sermón:

—Respetables compañeros de viaje —juro que así lo dijo—, propongo que ante estas circunstancias tan adversas, predomine la calma y que las azafatas tengan a bien rociar la cabina con los desinfectantes de costumbre y… todo en paz.

Hasta Pablo le aplaudió y me dijo que, en cuanto nos dejaran, deberíamos acercarnos al viejo para conocerlo. Y en efecto, quizá por la solidez de sus palabras o el talante que presentó al decirlas, las azafatas iniciaron un recorrido con dos botes de desinfectante que lejos de disipar el olor, sólo lo perfumaron de mala manera. Ya para este entonces, algunos pasajeros de la clase "turista" habían percibido las fragancias de "preferente" y se llegaron a escuchar algunos gritos de "Cierren ese baño" o incluso el declamatorio "Riquillos de mierda" que se combinaron con los ladridos del perrito.

Al cumplir la primera hora del viaje, poco tiempo les quedaba a las azafatas y azafato como regidores del ya alocado grupo "preferente". Nadie respetaba los anuncios de abrocharse los cinturones y, aunque nadie fumaba para no alterar el oxígeno de la viejita, la mayoría de los pasajeros que la rodeábamos hablábamos ya en voz más que alta. En un alarde de rebeldía de pasajeros cautivos, dos audaces jóvenes se las habían ingeniado para encontrar los compartimientos del alcohol y ellos mismos hicieron circular dos carritos repletos de botellas y una que otra botana. Los que más brindis llevaban se acercaban al "fraile" del sermón para felicitarlo por su valor cívico y para preguntarle si hablaba por oficio. —Es como en toda tasca de Madrid —me dijo Pablo—; cualquier pregunta es buena para iniciar una tertulia.

La algarabía fue *in crescendo*: habían ya acostado a la viejita en el pasillo del avión, mientras algunos curiosos pasajeros de la clase "turista" se habían acercado no sólo para ver cómo andaba el chisme, sino también para llenar sus vasos, pues ya había llegado hasta la cola del avión la noticia de que los de "preferente" andaban regalando copas. Pablo intercalaba chistes políticos españoles con chistes mexicanos de gallegos y, luego, chistes españoles de Lepe, mientras una señora me platicaba, con cierta emoción, que era la primera vez que viajaba a México, que era camarera y que su primer nieto había nacido en Cholula…

Ya en el colmo del jolgorio, mientras un pasajero me preguntaba si me gustaba o no el fútbol (por cierto, con un habano prendido en su mano gesticuladora), alcancé a ver caras largas entre las azafatas que rodeaban a la viejecita.

Sólo el grito de "Ha tenido un paro respiratorio" nos regresó a nuestros respectivos lugares. Como niños en la escuela que en plena batalla de salón son interrumpidos por el director o la maestra, todos nos quedamos callados y sentados, aunque pocos se volvieron a abrochar el cinturón. Luego de que el azafato avisó al capitán de la nave, éste pidió por el altavoz la presencia de un médico.

—¡Casi dos horas de vuelo y hasta este momento piden doctor, hay que ver! —comentó Pablo con el suficiente volumen que hasta el Fraile asintió con la cabeza, como si aceptara el increíble desatino.

De nuevo dependí de la narración informativa de Pablo, pues desde mi asiento no podía ver al medico:

—Se ve joven el chaval, pero ha de ser un Monstruo de la Medicina. ¡Mira que asumir la responsabilidad en pleno vuelo! ¡Tiene tela! Con el avión hecho un manicomio y la vieja que ya no da ni para respirar… ¡Hay que tener cojones! Ha pedido el botiquín y lo primero que ha visto es que está cerrado con una llave que nadie trae a bordo. ¡Buá!… van a preguntarle al capitán si él la tiene.

Mientras las azafatas averiguaban si el capitán traía la llave, el médico logró que la viejita respirara ya con un ritmo aceptable y pidió que los que íbamos fumando apagáramos nuestros cigarrillos (el del habano ya lo había apagado accidentalmente en el coñac de otro pasajero mientras discutían sobre el estado del Real Madrid). Ya para cuando regresaron las azafatas, el Fraile había forzado la chapa del maletín-botiquín con un cuchillo que andaba entre los carritos de nuestros *cocktails*. La mayoría nos habíamos ya parado para cuando el médico observó la pobre distribución del botiquín: dos frascos de suero, algunos vendajes, medicinas para el mareo, algunas ampolletas, dos jeringas y dos frascos de mertiolate.

Mientras la viejecita quedó en el pasillo, en "condición estable" según el médico, regresó la algarabía amotinada de los pasajeros "preferentes". De hecho, el mejor ambiente estaba a las puertas del baño, una pequeña sección del avión que separa a la clase "preferente" de la mayoritaria clase "turista" y que parecía una moderna toldilla de aquellas naos que navegaron la mar océano en siglos pasados. Allí se intercalaban chismes y se pasaba la información hacia la cola del avión, se servían tragos para los que venían desde atrás haciendo larga fila y se escuchaban historias terroríficas —inventadas o reales— de catástrofes similares en otros vuelos. Evidentemente, la mayoría coincidía en que cualquier otra aerolínea nunca sufriría tales acontecimientos...

—Si es culpa de la Aerolínea Peninsular, ¡joder!, si con tanto Centenario y Olimpiada, y qué sé yo, se les han cruzado los cables... ¡Mira que subir a una moribunda! ¡Tiene tela! —nos decía un gallego mientras alcancé a darme cuenta de dos detalles muy importantes para esta crónica: el Fraile, que hablaba con Pablo Allen en ese momento, se veía visiblemente ebrio y dos pasajeros "turistas" ya se habían adueñado de lugares "preferentes".

Para no alargar la tensión diré que el Fraile acrecentó notablemente sus dotes de oratoria y lanzó una perorata enrevesada que duró exactamente el tiempo justo para que, por un lado, todos alucináramos su rollo sobre Lope de Vega y "la verdad que se respiraba en las Cortes de antes" y, por el otro, cayera sin sentido en su asiento. Pero al quedarnos sin sus palabras, se engalló otro pasajero que aquí lo daré a conocer como Fellini. Este personaje,, que se había mantenido más o menos al margen del desastre, había sin embargo libado lo suficiente como para exigir que se nos proyectara la película prometida.

Lo que nos faltaba —dijo Pablo ya de ojo vidrioso—, este tío quiere ver cine y yo me acabo de enterar que la vieja no viene sola. Ves a esa señora de peluca y diamantes, pues es la hija de la viejita y aquellos dos chavales son sus nietos. El médico —que ya me he presentado con él y realmente es un Monstruo de la Medicina— me ha dicho que son unos magnates mejicanos. La vieja es madre de uno de los hombres más ricos de Latinoamérica y dice que viven en Méjico... Pero allí no termina la cosa, tío: arriba, en "Gran Clase" viaja la familia entera: el hijo que es el millonario, los otros hijos y nietos... y si me apuras, te diré que llevan a Rocío Dúrcal que les va a cantar allá en su casa de Méjico.

Fellini en un arrebato de amotinado colérico, bajaba la pantalla que se enrollaba en la trompa del avión mientras Pablo, el Gallego, la Mesera y un servidor nos acercamos a la toldilla para proponer al azafato que si la familia realmente viajaba en

"Gran Clase" deberíamos bajarlos a "Preferente", dejarles nuestros lugares y pasar nosotros a la sala de arriba. Incluso, me atrevo a sugerir que ya lo estábamos convenciendo cuando llegaron los gritos desde el castillo de proa, convertido ya en escenario de las únicas cachetadas del viaje. Resulta que Fellini había logrado bajar la pantalla sin pisar a la viejita, pero la enfermera y la hija con los diamantes, en un casi justificado arrebato de coraje, se le lanzaron a cachetadas. Aún sonó un "Tenga más respeto por esta pobre enferma" cuando entre Pablo, El Monstruo de la Medicina y yo separamos a los rijosos.

Los dos jóvenes audaces lograron poner en marcha la película, pero así como ya no se nos hizo el servicio normal de vuelo trasatlántico, tampoco se repartieron los audífonos. Así que al cumplir las casi cuatro horas de viaje nos hallábamos en una nao voladora y amotinada, viendo a Sean Connery que hablaba sin sonido inmerso en una selva tropical y nuestro Fraile que despertaba casi gritando:

—No oigo nada, no oigo nada.

Entre el gallego y uno de los audaces jóvenes encontraron los audífonos y ya habían iniciado la repartición cuando la Carmen, la azafata escurridiza, se encargó de informarnos que:

—Por un *erró* en *lá transmisioné*, sólo se *escusha* la versión en *ehpañó*...Claro, la peli está en *inglé*, pero no *funsiona er caná de inglé y utéde* perdonarán.

Pablo, en la toldilla en donde constantemente entraban y salían pasajeros de los baños, charlaba con el Monstruo de la Medicina. Éste le contaba que eran sus primeras vacaciones largas desde que ingresó de servicio en un hospital de Madrid y que tenía la ilusión de recorrer lo que pudiera de México. El Gran Pablo, ya con un buen nivel etílico, le decía con mucha gracia:

—Pues vaya si has recorrido algo en estas horas. ¡Mira que conjugar la España profunda con el surrealismo mejicano y en un avión! ¡Tiene tela! En realidad, y te lo digo yo, este viaje te resultará bomba: la vieja ya se encuentra estable y la familia te dará una buena pasta en cuanto aterricemos. Si te ofrecen, acepta... y si te dan cheque, yo te ayudo a cambiarlo en cuanto aterricemos en Méjico.

Hasta a mí me andaban involucrando en el plan, y ya la conversación sonaba a lucubración propia del motín del *Bounty*, cuando nos interrumpieron nuevamente los gritos frenéticos que venían de la proa:

—¡Ha dejado de respirar!… ¡Que ya no respira!

La Hija de los Diamantes y la enfermera se veían tan mal que, en un acto de misericordia y de acrobacia de pasillo, los dos audaces jóvenes guardaron la pantalla. Se alcanzó a escuchar al Fraile, que en feliz borrachera aseguraba:

—No es que no respire, es que no ve bien a Sean Connery, ¡joder!

Sobra mencionar que el chisme ya había determinado que en "Gran Clase" iba Rocío Jurado con una *trouppe* de artistas flamencos que actuarían en México y que la viejecita era la protectora de una de las bailarinas.

Efectivamente, la viejecita dejó de respirar y aunque seguía la bulla de los amotinados, ya sin ningún control de azafatos ni la voz aplacadora del capitán, se inundó la cabina con cierta realidad de que la muerte andaba cerca. Será porque volábamos entre nubarrones oscuros y finalmente siempre late la altura y los nervios para alterar cualquier calma. Nos volvimos a sentar y desde la crónica de su asiento, Pablo contó los minutos (en total, siete) que tardó el Monstruo de la Medicina en revivir a la viejita con una inyección de nitroglicerina en la lengua. Al menos, ésa fue la versión que circuló entre los pasajeros. Debo aclarar que ya para este momento la mayoría de los pasajeros estábamos convencidos que en "Gran Clase" iba el mismísimo Julio Iglesias con una familia peruana, herederos de la viejita y residentes en Miami… con el suficiente dinero como para hacernos bajar en esa ciudad.

Siguieron entonces largas horas en que el avión parecía aterrizar en Nueva York, luego en Washington y el último amago fue en Nueva Orleáns. Según corrió el chisme, el avión o bajaba lo suficiente como para gastar el combustible necesario para llegar a México, pero el capitán amagaba con esos desplantes… "porque así le saca dinero al hijo de arriba". Incluso el Gallego aseguró haber visto un cheque, firmado por la Hija de los

Diamantes en el suelo del pasillo, para que el azafato se lo entregara al capitán con la condición de que llegáramos a México.

De este lado del Atlántico ya había anochecido cuando iniciábamos el cruce del Golfo de México y ya entrados en esta recta final se acrecentó la algarabía. Se debe considerar que llevábamos casi ocho horas de un vuelo en que nadie había dormido (salvo el Fraile que durmió su pasajera siesta). Quedaba ya muy poco alcohol cuando Pablo y el Gallego iniciaron los brindis comunitarios por la salud de todos, por la "hermandad pasajera de unos pasajeros pasajeros" (*sic*), por la aerolínea, por el Monstruo de la Medicina (conocido ya entre nosotros como Manolete) y hasta por la salud de la viejita. La Mesera sostenía una foto del nieto que estaba a punto de conocer en Cholula y yo hacía garabatos en una servilleta intentando ponerle título a esta crónica: "Quinientos años y el encontronazo de dos mundos", "Sueños de Colón", "El huevo de Colón" o "Colón, ¡qué sueños!"

Finalmente aterrizamos en el aeropuerto Benito Juárez, lo que motivó una última explicación surrealista de parte de Pablo Allen. Hasta la fecha desconozco la identidad de la viejecita, pero alguien tenía que ser, pues en cuanto llegamos a la sala 16, subieron unos hombres con radios y aspecto de guardaespaldas y sacaron a la familia entera, con todo y enfermera, antes que los demás pasajeros. En la sala de equipajes me despedí del Monstruo de la Medicina que llegó a México sólo para toparse con una última sorpresa: un empleado de la Aerolínea Peninsular le explicaba con gran gentileza que por un error sus maletas habían sido enviadas a la Expo de Sevilla... "es que usted comprenderá que ha sido un año de muchos líos. Los ordenadores se enredan, las etiquetas salen mal, se revisan muchas cosas por el temor al terrorismo", etcétera. Imaginen que todo esto ocurría en una sala rodeada de bandas interminables de maletas y en donde una mente iluminada había ideado bajar los bultos de la banda sin fin, colocarlos en filas, de manera que si uno veía pasar su maleta tenía que escalar por encima de dos metros de bultos que se interponían entre uno y la banda. El caso es que a Manolete lo dejaron sin maletas, sin dormir y, evidentemente, sin cheque.

—No me han dicho ni gracias, tío —le decía a Pablo. Aunque le apunté mi dirección y teléfonos tengo la certeza de que esa misma noche se regresó, dormido, a Madrid y en el mismo avión que seguramente tuvieron que limpiar, aspirar y perfumar a marchas forzadas.

Imaginé que esa noche iniciaba yo una de las mejores amistades de mi vida. Pablo era realmente uno de los tipos más divertidos que yo hubiera conocido hasta entonces y prometía ser muy interesante cultivar su conversación y sus chistes. Incluso lo primero que le dije a mi mujer, que me esperaba afuera, fue que le quería presentar al hombre más chistoso del mundo. Pero ya no salió Pablo o, al menos ya no lo vi salir. Quizá se quedó en uno de los bares consolando al Monstruo Manolete o se quedó con el Gallego levantando algunos de los diecinueve bultos que traía éste para la familia de acá.

El domingo pasado, en la Monumental Plaza de Toros México, buena parte de la afición se distrajo con una bronca igual de monumental allá por el primer tendido de sol. Al fijar la vista, buscando el chisme para ver quién o quiénes se liaban a golpes, alcancé a ver a Pablito Allen, cerveza en mano, calmando a los rijosos... Un verdadero pasajero de Indias.

La desaparición de las urnas

Tengo la costumbre de despertarme despacio, muy despacito. Como cualquier adolescente de fin de siglo, aparte de que me abruman los estudios, me pesan como losa las consignas y pregones del *Progreso*, la *Productividad* y el *Futuro* que resucitan cada fin de siglo convertidos en encomiendas inobjetables para toda la juventud. En realidad, no son más que azotes para cada amanecer. Pocas veces en mi vida he tenido que levantarme con prisas y brincos, pero entre las ocasiones en que mejor recuerdo tales infortunios está la mañana del primer sábado electoral de mi natal San Francisco. Cuando evoco los gritos de Ana Elena mi hermana, justo en sábado y a las siete de la mañana, no dudo en recordarlos como terroríficos y espeluznantes.

Se sabía desde meses atrás, y me acosté la víspera pensándole al fervor de que ese sábado sería la primera vez en la historia que se votaba en San Francisco, pero se me olvidó por completo que esa mañana también sería la ocasión para que Ana Elena nos presentara a su noviecito Juan María. Aparte de arruinarme mi despertar sabatino, me parecía excesiva la ceremonia de presentarnos a quien todos en casa ya conocíamos desde hacía casi un año: mi padre congeniaba con él, como correligionario del Partido; Ana Elena como su consorte de cuanto desenfreno carnal se imaginan y yo, como alcahuete de sus desmanes y silencioso chaperón de sus paseos.

Desde la noche anterior, Ana Elena se abocó a preparar lo que ella misma denominaba "desayunito provenzal", término que aprendió la muy mamona desde que recibió la promoción del diccionario Larousse y se sentía muy francesa. (Sobra anotar que, por lo mismo, al Juan María se le conocía en casa con el epíteto de *Jean Marie.*) Tales preparativos *á la provenzal* lo único que indicaban era que se trataba de esos desayunos en que hay que llegar bañado al comedor y evitar cualquier comentario durante la ceremonia (o, lo que es lo mismo: no hablar mientras te sirvan la papaya y menos, cuando se surtan los platos con chilaquiles que ni en sueños logran parecer platillo francés). Mi padre celebraba estas ocasiones de hipocresía colectiva pues le permitían aventarse algún discursillo progresista, político y prometedor mientras sopeábamos el pan o remojábamos la tortilla. Para este sábado, precisamente al filo del siglo XX, Jean Marie y mi padre se dedicaron a elucubrar, enfatizar y recalcar la necesaria limpieza y dignidad con que tenían que celebrarse las primeras elecciones en nuestro glorioso pueblo. Correligionarios, demócratas convencidos, ambos encarnados como guías cívicos para la inmensa masa analfabeta de mi pueblo, se peloteaban la conversación sobre el desayuno como si no supiéramos que todo lo que hablaban, lo hablaban y *recontrahablaban* hasta dos veces por semana en la sede de su partido.

No acababan de servirnos el chocolate —única delicia y ventaja de los desayunitos franceses de mi hermanita *Elenoise*— cuando mi padre se arrancó con aquello de que "los próceres hombres del pasado han subestimado la valía incalculable del sufragio directo..." y yo intuyo que estoy de acuerdo con la idea, pero ¡qué lata tirar el discursito a las siete y veinte de la mañana y del mero día de las elecciones! ¡En sábado!

Lo peor es que entre suspirotes de Ana Elena, el imbécil de Jean Marie me salió con aquello de "Efectivamente, mi señor... (¿Tu Señor? ¡El Señor está en los cielos, imbécil!) y proseguía el noviecito: "Yo también soy un apóstol del sentimiento demócrata... (¿Apóstol? ¡Santiago y cierra España, pinche engreído! y ¿Demócrata? ¡Demócrata tu chingada madre!) "No olvidemos el excelso legado que nos heredó la Gran Revolución Francesa: ¡ha llegado la hora de que en San Pancho vibre la *Liberté et Fraternité*". ¡Bueno, bueno, imagínense el cuadro!: el tipejo que se puso de pie en cuanto dijo "Gran Revolución Francesa", mi padre visiblemente emocionado y la Elenoise con una cara como si encabezara —sin brasier— una marcha de envalentonados vecinos rancheros hacia las gloriosas urnas de la votación.

"*Et Egalité*", prosiguió con voz trémula mi padre, "no olvides que la igualdad es factor importantísimo en esta nueva época que se abre para nuestro querido pueblo de San Francisco. Este pueblo se encuentra perfectamente maduro para el futuro democrático y ustedes son mi esperanza personal para este proceso de promesas". Aquí vale la pena mencionar que al recibir la mirada entre tierna y comprometedora de mi padre no pude menos que sentir una responsabilidad cívica. Me imaginé cruzado por la banda tricolor sobre mi pecho y parado en el mismísimo balconcito central del Palacio de San Francisco, cuando la tarada de Elena tiró el atole hirviendo sobre las piernas de su amadito Jean Marie. ¡Ah, pero el amor es terrible! El pobre politiquillo sólo puso cara de marrano estreñido y repitió tres veces que no había problema.

La distracción sirvió para olvidar mis ilusiones de grandeza cívica y disculparme de la mesa, sin tener que comentarles que en la Secundaria andaban diciendo que Venustiano Alborada y Ventura Mendoza ya tenían a cinco mil pelados armados en la Sierra del Olvido, listos para armar la revolufia… echar a perder las primeras elecciones y, de paso, los pinches desayunitos a la provenzal.

Aparte de despertar y levantarme despacito (que ya mencioné) tenía la costumbre, todas las mañanas, de visitar a mi tía Isacita que vivía con nosotros en el tercer patio. Encantado con la ridiculita sobremesa que acababa de presenciar, me salí del comedor para comentarle la escena política. Desde que murió mi madre, la tía Isacita se convirtió en el único lazo digno que tenía con el sexo opuesto. Digo digno, porque lo de Elenita mi hermana y sus pinches desenfrenos a la francesa no cuentan.

Isacita era un manojo de pláticas convertidas en Tía. Me intrigaban todas sus palabras, sus juicios, aseveraciones y todos sus comentarios crípticos, por enredados. Más que nada, me intrigaba su nombre. ¿Se llamaría Isaaca? o ¿a lo mejor se llamaba Isaac y por error del Escribano Público le pusieron Isaaca? Peor aún: quizá era en realidad Isaac, algún tío perdido de mi padre que por causa de alguna actividad malévola (¿un homicidio?) se había tenido que vestir de mujer y refugiarse en el tercer patio de la casa de un sobrino para evadir la Justicia. La verdad no tengo derecho para andar inventando y elucubrando el pasado de la pobre viejecita, pero aparte de divertido, me entretenía.

Aunque nunca salía del tercer patio, por primera vez desde que vivía con nosotros, la tía Isacita me dio el clásico "Días muy buenos, Carlitos", acostada en su camota de latón; usualmente sus saludos —siempre enrevesados como todo lo que hablaba— los daba ya levantada y regando plantas. Me sorprendió verla por primera vez en cama y, al parecer, enferma. Por mis estudios no había podido visitarla en tres días, mismos que llevaba en cama, con fiebre (según me contó) y sin rasurarse los pelos de la cara (cosa que saltaba a la vista, sin que tuviera que decirlo). La bruta de Elenoise tampoco la había atendido por andar aturdida con el desayuno de su Robespierre. Así que para completar mi mañanita me encontré con Doña Isacita arropada hasta el cogote, con chalequito tejido sobre los hombros, boinita entre las canas y una respetable, considerable, intrigante (y ese momento, envidiable) barbita crecida sobre los cachetes. Por un rápido segundo volví a mis inquisiciones de siempre... "Si tiene barbas, pues de veras ha de ser mi tío", pero al verle los ojitos llorosos, me preocupé.

—¿Qué tienes tía Isacita? Nunca te había visto acostada —le dije con voz de infante, que finjo con naturalidad.

—Describirlo, bien no puedo —contestó la intrigante Isaaca—, pero resquemor siento en el pecho y una angustia en todo el cuerpo y en los dedos, ansiedad. En la frente: sudor inexplicable... como pequeño manantial de mis terrores. Además, tres días son ya sin que me cuentes novedades.

—Perdóname tía Isacita —dije exagerando mi voz tiernita— lo que pasa es que ando en exámenes, todo mundo trae lo de las elecciones y hasta hoy sábado tengo cierto reposo.

Con cierto brillo en los ojos, Isacita se incorporó entre sus almohadas y bajando la voz, como si estuviese a punto de confesarme el mítico crimen que le inventé, me dijo: "De eso, precisamente, hablar contigo quería. Que vayas a conseguir al padre Felipito Ruvalcaba, necesito y úrgeme... Venga quiero a San Francisco, antes de que el día pase nos".

Aquí conviene abrir un pequeño paréntesis y dejar constancia de mis emociones: la barbita crecida, los síntomas de lo que bien podría considerarse una cruda (clásica resaca etílica y puramente masculina) y la voz ronca, carraspeante, de la tía Isacita me dejaron frío. En ese momento estaba convencido de que se trataba de veras de un lejano tío de mi padre que violaba monjas y que había matado a algún gendarme, quizá en Guanajuato; que luego logró huir de la Justicia y que se refugió en casa de su sobrinito para esconderse, embriagarse a placer y esperar la muerte... en un tercer patio como presidio personal. Además, todo San Pancho sabía que el cura Felipito —párroco de la ranchería "La Asunción"— era conocido como "Salvadorcito de los Condenados". Le decían "Salvadorcito" porque sólo medía un metro cuarentaiséis de estatura, lo que le permitía dar sus pláticas de Primera Comunión a los niños de San Pancho al tú por tú, cara a cara. Cierro este paréntesis de emociones con asentar que en ese momento sentí la casi certeza de que Isacita estaba a punto de confesarse con el pequeño "Salvadorcito" de la región que pudiera expiar sus misteriosas culpas, cuando de pronto, me volvieron a aturdir sus enrevesadas palabras:

—Te digo que urgencia es y que vayas quiero... San Francisco urge la presencia del Padre Felipito Ruvalcaba hoy mismo. Protector único y verdadero de las elecciones es él y estar aquí hoy tiene. Por él, corre... responsabilidad, asume... ¡y deja de hablar con esa vocecita que pareces maricón!

Salí corriendo del tercer patio y con el mismo vuelo pensando: "¿Maricón yo, y qué pasaría si se descubre que te vistes de mujer, pinche viejo cabrón?" En el corredor del primer patio, mi padre mantenía su emoción electorera. Al detenerme, me recalcó lo de "Este día es día grande para la Juventud. Es el pórtico de la Esperanza, del Futuro y de Ti, Carlitos... ¿Qué digo Carlitos? ¡Carlos!". Lo dejé allí parado con sus mayúsculas, en medio de sus signos de admiración y resoplando un chiflido parecido a una marcha bélica, mientras le grité a Elenita que me iba a casa de Montúfar por unos apuntes.

En la calle de los Héroes me encontré con Jovito, el cochero de los Medina, que iba para la ranchería La Asunción.

Este buen hombre me evitó la caminata y me permitió llegar justo cuando el enano Felipito terminaba la misa de once y, a la usanza gringa, despedía a los rancheros en la puerta del templo. Eso de la usanza gringa lo aprendí de mi tío Roberto, que vivió seis años en San Francisco, California (asistiendo cada domingo a un templo protestante, sin enterarse de las diferencias de credo) y que murió, el pobrecito, sin ver realizado su sueño de hermanar San Francisco con su natal San Pancho.

Sintiéndome arcángel bíblico me acerqué al enano Felipín y le dije, en tono de Isacita: "Padre, hoy día de elecciones es en San Pancho y mi tía dice urge presencia suya... Sólo Usted, reverendo, salvar puede la situación... y a ella, como todos, salvarla".

Seas benedecido ala aporoximarate a esete templeo. Ele cirio pasacual alúmbara nuestaras horas y enetiendo vuestra pelegaria. Aquí tengo que aclarar que Felipito Ruvalcaba, como buen cura de rancho (quizá para sentirse obispo de Roma) exageraba las vocales y casi todas las eles.

Llevárame, hiijo miío... Diriígiídme y veéremos lo que este humililde pastor pueéde hacere poro su rebaño. La mera verdad, me daba pena entrar a San Pancho acompañando a Felipito Ruvalcaba: Padre y lo que quieran, pero nunca me gustó su costumbre de andar siempre vestido con casulla de dizque lujo (que le tapaba los diminutos pies) y esa manía de tomar de la mano a quien caminaba con él. Agréguenle el sombrerito negro, la sotana con la cinta morada que se le asomaba como cola y un bastón que en cualquier otro mortal parecería mediano, pero que con él parecía asta bandera. Afortunadamente, sólo nos vieron pasar dos viejecitas a las puertas del mercado y todo el recorrido sirvió para convencerme de tres conclusiones: juré nunca más hablar con mis voz de tiernito; nunca más ir en busca de Felipito Ruvalcaba y jamás volver a tomar de la mano a un hombre en la vía pública.

La tercera conclusión es obvia, cuantimás si se trata de un enano. Lo de la voz de tiernito, también. Pero quizá valga la pena adelantar por qué ya nunca quisiera pasar a buscar a Felipito. Apenas hincamos el camino de regreso me salió con una primera de sus micro reflexiones "profundas": *Nomine nuda tenemos, hijiíto. Loso serecretos de eseta viída esetán ene los nomberes. Poderías llamárate Yolanda, pero te llamas Pedero, piédera, pietra...* (¿Yolanda? ¡su chingada madre! Y ¿Pedro?, peor aún ¿Pedero, como dice? ¡Yo siempre he sido, soy y seré Carlos!) *Asií, ess, hijiíto querídiro: loso nómberes sono la clave, son ley. ¡Ley immplacabele que noso rige y noso dirige...!* Y así siguió con latines y demás versículos diminutos que mejor ni atendí.

Al llegar a casa, mi padre doblaba sobre la mesa del corredor las anchas páginas del ya leído *Monitor de San Pancho* y Elenoise regaba unos macetones de geranios. Ambos no pudieron disimular su sorpresa: sentí la mirada flamígera de mi padre —como si en ese instante le fuera yo a comunicar una vocación sacerdotal— y la inocente mirada de Elenita, entre atónita y culpable, como si yo la acabara de denunciar ante la Inquisición por quemarle las piernas a su novio con el atole.

Los tres se instalaron en la sala con fría cordialidad, mientras yo corría a avisarle a mi tía Isacita del mandado cumplido. Me hubiera refugiado en mi habitación, quizá rescatando el sueño que traía pendiente, de no haberme pedido Isacita algo verdaderamente insólito:

—A levantarme, ayúdame. Verlo quiero y decirle necesito mi sincera petición.

Era la primera vez que la mítica tía se animaba a salir del tercer patio y convivir con alguien en la sala. Elenoise decía que seguramente tenía miedo de entrar allí porque el piano —ahora siempre callado— le recordaba a mi madre. Lo confieso: para mis adentros, elucubré la tétrica posibilidad de que en esa misma sala el tal Isaac había cometido su crimen y que no volvía a entrar allí desde que decidió dizque cambiarse de sexo. Para alimento de mis fantasías, Isacita tuvo a bien enseñar sus velludísimos muslos al levantarse de la cama y, al atravesar el patio, echó un carraspeo de charro cantor (rematado con gargajo directo a una planta que le quedaba a tres metros de distancia) con lo que me dejó más que mudo, estupefacto y convencido de mis ensoñaciones adolescentes.

La escena de la sala la inició mi tía Isacita con otro "Días muy buenos, padre Felipe", un consabido beso de mano (que yo interpreté de total hipocresía) y un largo suspiro antes de aclarar su petición:

—Sencilla y simple es la razón por la que traerlo mandé. Digan lo que digan aunque, bendecir las urnas de esta elección es deber y necesario de parte de usted —y al decirlo le lanzó una mirada centellante a mi señor padre.

Éste se levantó bruscamente, acomodando un tejido de gancho de los que dejó mi mamá sobre los sillones, y casi a gritos le contestó: "¡No seas imbécil, Isaaca! Con todo el respeto que me merece Felipito, las elecciones son ya un asunto estrictamente cívico y la Iglesia debe quedarse al margen."

Sentí que la sala se convertía en el recinto resolutivo de todas mis dudas y preocupaciones: con los gritos afloraría la verdadera identidad de mi tía Isacita ("Isaac, el Asesino Travestido"); Elenoise —como siempre— lloraría y confirmaría mis sospechas de su muy limitada inteligencia ("El afrancesamiento imbécil") y en ese mismo instante se tendría que salir de mi casa (y de mi vida) el padre Felipito Ruvalcaba. Sin embargo, la diminuta figura ensotanada nos volvió a dejar fríos:

—*Ausenetárame me han pedido ya muchas peresonas. Maladecirme, muchas otras, pero limitárame ¡NADIE!* y lo dijo con esa melodiosa vocecita de uno cuarentaiséis de estatura, exagerando las vocales con falsa italianía y latinajos impostados, pero el NADIE le salió ronco y contundente. Bajó la voz, sólo para recalcar su dicho y prosiguió:

—*Vivíre ene la ranachería es como retiro esepiritual constanténete. Allá me quieren y resepetan feligreses de silencio, pero tamabién me peremite pennsar mejor ene la deuda esepiritual de esta villa heremana de Sana Pancho.*

—Ciudad —gritó mi padre y en tono de concertación, agregó: —Tampoco es para que se levanten voces ni enojos. Lo que menos necesita la CIUDAD de San Pancho es que usted alebreste a todos los fieles de su ranchería y que por alebrestados se les ocurra unirse a la bola con Ventura Mendoza y Venustiano Alborada. ¡Cómo si estuvieran los tiempos para alzamientos! Si lo que quieren ustedes los persignados es avalar el espíritu cívico de tan significativa fecha y respetar como se debe a los comicios, ¡bendiga pues las urnas y todos en paz!

Con el tiempo he recordado repetidas veces la procesión cívico-religiosa que salió de mi casa aquel sábado inolvidable. Isacita en burro, Felipito con casulla, bártulos de Semana Santa y báculo que parecía su pararrayos; mi padre, con la Constitución en una mano y Elenita mi hermana en la otra (mientras que con la otra se agarraba del mentado Jean Marie) y yo, que caminaba altaneramente, solo.

En las siete calles que separaban a mi casa del Palacio Municipal aparecieron tres claves fundamentales para resolución de mis tontas fantasías de adolescente. En la esquina de Libertad con Juego de Naipes, justo frente a la nevería y paletería La Polar, descubrí una cara ya muy vista, aunque con expresión insólita: Don Jacinto, el vasco dueño de las nieves, con los ojos entre llorosos y desorbitados viendo pasar a Isacita a lomo de burro. (Después descubrí que el encierro de mi tía Isaaca —que siempre fue y había sido mujer— se debió a que Don Jacinto no sólo la decepcionó cuándo le pidió matrimonio, para luego irse casi diez años a Chihuahua, sino que además regresó de allá envuelto en el chisme de que allá se había vuelto maricón). En la calle Hidalgo, esquina Garibaldi, noté el apretón de manos que le pegó Jean Marie a la Heleno se; apretón que no diría mucho, si no es que fue acompañado del ya clásico, estúpido e imprudentemente revelador suspiro de la Elena. Para quienes no conocieron San Pancho en aquel entonces, les informo que en esa esquina se encontraba el ya mítico Hotel Hidalgo, paso de los mejores amoríos de la localidad y verdadera cuna de muchas generaciones de vecinos sanfranciscanos. Amén.

La última clave de mi adolescencia también se me apareció en una esquina: justo la que forman Jardín Constitución y Lerma. Allí se habían reunido tres distinguidas damas de San Francisco que las malas lenguas bautizaron como "amantes" de mi padre. La verdad siempre me había preguntado cómo resistía su viudez mi padre, habiendo perdido a mamá a la edad de treinta y cinco años. Al ver el sortilegio del trío de brujas asquerosas, rimbombantes y envejecidas, que le aplaudían a mi padre como si fuera torero o artista de cine, entendí que la política, los mil libros de su biblioteca y su fervor cívico fueron los pilares que lo mantuvieron sereno y casto. Su cara de repugnancia, al pasar frente al trío de brujas, y el apretón que le dio a la Constitución contra su pecho me lo confirmaron en silencio.

Sin embargo, la clave fundamental de aquel sábado la dio el mismísimo Felipito Ruvalcaba. Al llegar a la puerta del Palacio Municipal, rodeado de casi todos los vecinos de San Pancho y muchos fanáticos feligreses de la ranchería La Asunción, pidió que le colocasen las urnas de votación en perfecta fila sobre una mesa larga. Recuerdo el silencio —verdaderamente sepulcral— cuando Felipito gritó cantando el *Tu autem Domine misere nobis* y toda una letanía vernácula que incluyó *aleluyas*, *fecites* y *coelum terrams*. El caso es que ya entrada la letanía, con el sol quemando a todos los presentes, en un instantáneo y fugaz parpadeo ¡desaparecieron las urnas!

Recordaré por siempre el silencio convertido en murmullo, que luego se tornó en gritos y abiertas carcajadas. La cara estupefacta de mi padre, Isacita de rodillas y la desolada carita del enano Felipito. Lo cierto, pues me consta, es que entre el griterío y el azoro, alcancé a escuchar que el diminuto prelado decía a media *voce*: "¡¡Me lleva la chingada!! ¡¡Ya me volví a equivocar!!"

Años después, ya muerto Felipito —que luego de su milagrito se refugió en La Asunción con voto de silencio auto impuesto— un secretario del Obispo se encontró las urnas en una caballeriza de Los Llanos y, según su explicación, lo sucedido aquél sábado se debía quizá a un error en las sílabas con las que entonó su letanía el pingüino. Error que provocó el insólito fervor del cual ahora goza el mal llamado "Santo Niño de La Asunción", el místico despertar de mi tía Isacita —siempre mujer— y una turba frenética que no sólo anuló las únicas posibles elecciones de mi pueblo, sino que apuntaló el triunfo revolucionario de nuestros actuales próceres Venustiano Alborada y Ventura Mendoza.

Por la conmoción cívico-mística que provocaron las sílabas de Felipito, Jean Marie (que nunca dejó de ser no más que un Juan María) entró en serias discusiones con los miembros del Partido con mayúsculas y, por ende, con mi padre (razón que lo llevó a ausentarse, sin despedirse, a los pocos sábados). Elenita mi hermana (que dejó de ser Heleno se), aunque nunca abandonó su falso espíritu galo, terminó casándose con el chino que se encargaba de la Librería París y la absoluta decepción democrática que provocó todo esto en los ánimos de mi padre lo llevaron a alejarse para siempre de todo asunto cívico, cuantimás de todo el rollo de la política en San Pancho. En cuanto a mi menda, saqué el feliz provecho de nunca más tener que levantarme con prisas ni con brincos.

El rey del mambo-mariachi

En cuanto salí de la preparatoria me propuse mi proyecto de vida con dos estrategias: perfeccionar mis habilidades con el saxofón tenor y volverme negro. Desde entonces he estado convencido —y mis profundas similitudes melódicas con Charlie Parker lo confirman— que entre mis antepasados se encontraban raíces si no directamente africanas, sí profundamente cubano-antillanas. La exagerada curvatura de mis glúteos confirma la hipótesis, aunque el único inconveniente que me estorbaba en aquel entonces era la ya característica palidez de piel que corre en mi familia y mi rizado cabello rubio.

Con la ayuda de unos tintes capilares, gruesas capas de maquillaje y las mangas bombachas a la *Mambo King*, resolví inicialmente mi anhelo e ingresé en la banda "Señorones del Son". Con las ganancias de una gira por Mazatlán y no pocos ahorros que obtuve en préstamo y a plazos por parte de treinta y dos parientes y amigos logré pagar una pigmentación perfecta y una cirugía estética que me dejó la más perfecta *bemba colorá* jamás imaginada; se decía que el médico que realizó mi milagro presumía haber logrado lo que científicamente podría llamarse "la clonación reversible de Michael Jackson o su verdadero *Moonwalk*". Además, luego de las cicatrizaciones, aprendí a tocar el güiro y las maracas como si fuera hijo de Acerina o sobrino directo de Pérez Prado.

Mi vida se volvió la crónica de una rumba feliz. Descubrí elementos fonéticos y musicales que realmente hermanan a toda la cuenca del Caribe: desde los humeantes templos del jazz de Nueva Orleáns hasta los oscuros ritos de tambores cubanos o haitianos. Llegué a dominar salsas venezolanas y merengues dominicanos no sólo con habilidad musical, sino con verdadera apariencia de negro genial y sonriente.

Al tiempo que ingresé a hermandades rituales del *candombe* y la *capureira*, también llegué a sufrir en carne propia oprobios y hasta exclusiones. Sin embargo, en mi vida de ritmos predominó siempre la felicidad al grado de que me casé con la morena más espeluznante que haya visto en este planeta: Sonia Rita Balbó. La conocí en Cartagena de Colombia en el concurso de bandas que ganamos los "Señorones del Son" y desde que la vi bajar una escalera entre hielo seco —exuberante y sensual con su vestido de cola larga con olanes— quedé decidido no sólo a casarme con ella, sino a fundar lo que ya se conoce como la "Mítica Orquesta Balbó".

Cuando grabamos nuestro segundo disco, los ritmos del mambo dominaban el repertorio latinoamericano, pero me di el lujo de aprender algo de guitarra e insertar dos boleros —*Negro en el alma* y *Color de sinceridad*— que, a la postre, nos abrieron las puertas de New York. Aunque eran canciones sin mucho tamborazo, tienen un son melancólico y melodioso que, en la voz inigualable de Sonia Rita, lograron contagiar a más de una pareja de enamorados.

Un año después compramos Mocambo's Club, donde tocábamos en Manhattan, le agregamos seis palmeras de neón a la entrada del local y nos enfilábamos hacia la verdadera gloria musical, cuando empezó a correr el rumor entre los jazzistas envidiosos y uno que otro bongosero traidor de que yo era el artífice de un gran engaño. Tuve que explicarle a Sonia Rita lo de mi transformación, lo de las operaciones de pigmentos, los ungüentos de coco e incluso mandé pedir fotos a mi familia en México para que viera cómo era yo al salir de la prepa.

Para mi fortuna y a pesar de los ataques, mis habilidades con el sax me mantuvieron no sólo en el ánimo de nuestro público, sino que además consolidaron mi amor con Sonia Rita. A esto hay que agregar que en realidad mi alma se había vuelto jarocha, mis venas caribeñas y la pigmentación de mi piel ya era irreversible. Era como si mi apariencia respondiera más a mi sentimiento que a mi biografía y así lo entendió Sonia Rita e incluso mi propia familia cuando nos recibieron de vuelta en México.

Siguieron entonces unos felices años de éxitos por todo México, llevando nuevos sones y ritmos a los confines más norteños del país. Grabamos otros siete discos, ya con composiciones de Sonia Rita que me dedicó —entre las cuales nunca olvidaré *Rubio de ébano* y *Tinturas de amor*— y, por lo menos, un éxito que invadió a todo México, *También llevamos el ritmo*, una supersalsa que rescata las raíces negras de esta tierra de mezclas y mestizajes maravillosos.

Luego vino la debacle. Sonia Rita se enamoró de un sueco más rubio de lo que fui en mi juventud que, además y para colmo, había llegado a México para ofrecerme un contrato para grabar jazz-fusión-tecno-contemporáneo. Con una larga carta, que aún conservo, Sonia Rita se despidió de mí y aún me pregunto si extrañará mi negritud. Lo peor es que con ella se desintegró la "Mítica Orquesta Balbó" y empezó mi deambular azaroso. De ser un saxofonista con éxito, pasé a ser guitarrista de un trío de cantinas, aunque la mayor parte del tiempo sólo tocaba las maracas.

Lo que para algunos podría considerarse como una tragedia, en realidad se me ha convertido en motivo de nuevos éxitos. Ahora soy el único mariachi negro de México y he podido integrar al repertorio tradicional de la plaza Garibaldi unos ritmos y un juego de trompetas que nadie se imaginaba podrían combinarse con las legendarias letras de José Alfredo Jiménez. Pronto saldrá el primer disco de mi nuevo grupo "Los Charros de Caoba" y les puedo asegurar que nunca habían escuchado —con tamaña verdad y tanto sabor— el ya de por sí famoso *Son de la negra*.

Creo en ti

Una fría o más bien gélida mañana de noviembre en Manhattan cambió para siempre la biografía del profesor William S. Kramerstein. Neoyorquino de nacimiento, habitante de la entrañable isla por una convicción casi cinematográfica y catedrático de lógica en una afamada universidad local, Kramerstein se distinguía por sus viejos trajes con chalecos (los cuales lucía sin quitarles los plásticos de la tintorería), su filiación aristotélica y el inexplicable acento polaco que exageraba al leer en voz alta.

Sin embargo, aquella mañana helada habría de toparse de frente y en plena ribera del Central Park con una gigantesca cabeza tallada en piedra que aparentaba ser la representación de los rasgos enigmáticos de un boxeador precolombino. Se trataba de una de las famosas cabezas olmecas que se habían llevado a Nueva York con motivo de la exposición *Esplendores de México: vecino sorpresa*. La impresión y el azoro instantáneos de Kramerstein lo llevaron no sólo a recorrer todas las salas donde se exhibía el arte mexicano, enamorarse de Frida Kahlo y comprar el carísimo y voluminoso catálogo, sino salir del Big Apple Museum plenamente convencido de que su vida terminaría en México.

Resuelto su empeño, y habiendo empeñado gran parte de sus pertenencias, Kramerstein renunció a la facultad de filosofía y se despidió para siempre de una joven mesera del Bronx con la que parecía haber fincado su único lazo afectivo en la gran Nueva York. Llegó a México en plena época de posadas navideñas, lo cual sirvió como pretexto para que el taxista del aeropuerto de la Ciudad de México lo invitara al canto de las jaculatorias en su casa del barrio de Peralvillo. Kramerstein se emborrachó con ponche, rompió la piñata y hasta bailó la "quebradita" con una hermana del chofer.

Convencido de su mexicanidad adquirida, William S. Kramerstein no sólo se cambió de nombre —ahora se presenta como Guillermo "Memo" Camero— sino que además aprendió rápidamente el español y hasta la fecha sigue anotando albures, juegos de lenguaje, doblesentidos y nuevas palabras que amplíen el espectro de su comunicación. Además, Memo Camero se propuso leer todas las letras de México: libros —desde Octavio Paz a Sor Juana Inés—; periódicos —desde informativos a deportivos— y colecciones completas de cómics mexicanos, desde *Memín Pinguín* a la *Familia Burrón*. Se aprendió como cualquier hijo de vecino todos los lugares comunes de nuestra historia: los Padres de la Patria, los Niños Héroes y los Caudillos Implacables.

Hay quienes lo han visto en la feria de Aguascalientes vestido de charro o cantando, en plena plaza de León, Guanajuato, aquello de *No vale nada la vida*. Con el luengo bigote que se dejó colgar y el tinte azabache con que se pintó las canas ha engañado a más de un turista y nacional. De hecho, se volvió un auténtico catador de tequila —reposado, añejo y blanco— y nunca ha tenido problemas estomacales ni con chilaquiles, moles poblanos, cochinita pivil o tacos al pastor.

Su transformación mexicana se volvió también anímica: a sus largos años de dedicación académica y puntualidad inglesa añadió deslumbrantes destellos de desidia y flojera y, en más de una ocasión, ha recurrido a la impuntualidad como forma de nobleza. Su mutación existencial lo ubica —igual que a muchos mexicanos— en ese misterioso plano que reúne a la felicidad del esfuerzo con la melancolía del desengaño. A la menor provocación futbolística, Memo Camero es de los primeros en llegar a las inmediaciones del Ángel de la Independencia con la cara pintada de bandera nacional y coreando hasta el cansancio *México Campión, México Campión.*

De ser un profesor de lógica con acento polaco, Kramerstein se ha convertido en un mexicano de toda virtud y defecto. Ha cambiado la lógica por una nueva congruencia de nuestras incongruencias y sustituyó el Método de la Razón Pura por un laxo y ligero método de la Pura Sinrazón. Lo he visto en lugares de prestigio discutiendo temas de economía, no como emisario del desarrollo, sino como auténtico portavoz del tercer mundo y lo he visto hacerle de merolico en La Alameda de la Ciudad de México vendiendo ungüentos de víbora y polvos de concha nácar.

Hay quienes lo han visto cantar con un trío en un bar de Guadalajara y aseguran que se parece físicamente y que canta igualito a uno de Los Panchos. Otros lo han visto danzar con penacho de multicolores plumas afuera de la basílica de Guadalupe y, en la noche del "Grito de la Independencia", deambular por el Zócalo de la Ciudad de México con un inmenso sombrero y una ruidosa maraca vestido de auténtico zapatista revolucionario.

Sin embargo, en su inexplicable afán por sentirse mexicano, William S. Kramerstein (*a.k.a.: Memo Camero*) ha caído en la peligrosa tentación de volver a cambiarse de nombre: ahora quiere ser Lupita Villa de Juárez y llevar su delirio mexicano a límites insospechados. Parece que ahora sí se le botó la canica, pues dicen que para el desfile del 16 de septiembre ya tiene listo su traje de china poblana. ¡Viva México!

En las nubes

> Cuando el capitán Ireneo Morris
> y el doctor Carlos Alberto Servian,
> médico homeópata, desaparecieron, un 20
> de diciembre, de Buenos Aires,
> los diarios apenas comentaron el hecho…
> *La trama celeste*,
> Adolfo Bioy Casares

La nana Che decía, y con razón, que Jorge Nicolás era el más locuaz de los nueve hijos de don Pedro y doña Carmen. Al tiempo que dos de sus hermanos abrazaban los hábitos en el noviciado, otros dos las túnicas de la jurisprudencia y la medicina, y el resto jugaba en los areneros del parvulario, Jorge Nicolás ya había abandonado la preparatoria, había sido expulsado de seminarios y se concentraba en afinar motores de los tractores del rancho que él mismo conducía como navegante en tierra firme trazando surcos para el arado de la siembra.

Sus mañanas llevaban el horario madrugador de la ordeña y la puntual repartición de hermanitos (en las escuelas) y litros de leche (en casas selectas) de la vecina ciudad de Aldama. Cuentan que durante los meses en que el Jeep del rancho estuvo en el taller por desbielado, Jorge Nicolás consiguió que le prestaran una ambulancia y realizaba las entregas (de hermanitos y de leche) con la sirena abierta a voz en cuello. De regreso al rancho, Jorge Nicolás esperaba el avión de la Compañía Panini que, invariablemente, cruzaba la carretera con el saludo del piloto colgando de la cabina de mando. Para él, las prisas y la desmañanada se justificaban con tan sólo ganarle al Panini al cruce de la carretera. Dos veces por semana, esos cruces se volvieron el polvo de sus sueños, la pulpa de sus anhelos y el único sustento que justificara su aspecto: Jorge Nicolás no sólo se vestía de piloto, sino ordeñaba vacas, entregaba hermanitos en las aulas, hacía recados para el rancho en la ciudad y araba con el tractor como si fuera una turbina con alas y él, héroe de las hélices…

Junto con el *maistro* Tálamo Romo, y otros mecánicos del campo aéreo, Jorge Nicolás había encargado al piloto de la Panini sus overoles café claro, desechos de la guerra, con escudos de la Royal Air Force y de la U.S. Airforce. Que anduviera uniformado era precisamente lo que perturbaba a doña Carmen. *Todavía fueras piloto de veras, ¡pero por traer la cabeza en las nubes, quién da licencia?* Era el acostumbrado parlamento de los desayunos:

—¡Qué dirán los compañeros de tus hermanos, que ni los consideras! Han de creer que eres chofer de repostería, que somos ricos o ve tú a saber —le decía doña Carmen en reprimenda, aunque no le escatimaba ni una pizca del abundante desayuno que siempre le servía la nana Che.

—Yo soy como la canción: *ando volando bajo*, madre. Ni para que te preocupes ni para que reclames. No te asustes ni te espantes. Hasta pienso que ya me he hecho de cierta familla con mi traje de piloto. Dicen que soy el único que reparte leche volando. *Así es la vida*, vals, y a la vuelta del disco: *Viva mi desgracia*, también vals —le respondía Jorge Nicolás con un ojo puesto en la sonrisa que se le dibujaba a don Pedro, tras el periódico y al filo de sus bifocales.

—Además —decía doña Carmen, sin negar cierta sonrisa—, Tálamo Romo es un mugroso, la mecánica que dizque enseña en el aeropuerto nada tiene que ver con tractores y trilladoras. Andas ahí de loco, le dices *campo aéreo* a ese llano endemoniado que nada bueno le ha traído a Aldama... puras revistas cochinas, periódicos con noticias que nada interesan aquí y ni un solo viajero que hay pasado la noche sobrio en Aldama. ¿*Campo aéreo*?: ¡¡la Corte Celestial y los fértiles prados donde viven los ángeles!!... Ya te lo he dicho.

—Anda, gorda —decía don Pedro—, deja a Coco en paz. Nada malo ha traído a esta casa y quién quite, hasta se inventa la novedad de un tractor con turbina.

En una de esas mañanas, en que la labor del barbecho se lo permitió, Jorge Nicolás —con el uniforme acostumbrado— se acercó desde temprano al hangar de Tálamo Romo. Los esperaban los periódicos del mundo allende Aldama, las revistas prohibidas que traía el piloto Panini y la repetida anécdota de Enedino Torres, que en humos de su alcohol con atole, siempre mentaba en sus recuerdos aquello de que, en tiempos de la Revolución, *había pilotado un biplano para que Pancho Villa tirara bombas desde arriba.*

Enedino ya andaba en lo de *Faltaron hélices pa que Celaya no cayera*, cuando el *maistro* Tálamo divisó un Piper Monomotor que se dirigía al terraplén. Parecía que se trataba de un aterrizaje forzoso, Tálamo dispuso de herramientas en la cama de su *pick-up* y con agilidad de bombero, montó a los demás mecánicos en la troca y enfiló hacia el final de la pista. El avión aterrizó en tres toques y al frenar frente al hangar sólo halló a Enedino a punto de dormirse y a Jorge Nicolás en perfecta posición de indicador de aeropuerto: con los brazos en cruz como Cristo del Cubilete.

Para cuando regresó Tálamo, con sus *bomberos*, desde el fondo de la pista, ya habían bajado tripulante y pasajero de la Piper. El piloto se presentó como el capitán *Donato* (sin especificar si era apellido, apodo o nombre) y al pasajero se refirió como *Aquí don Neto quiere cumplir una manda. ¿No sabrían decirme pa dónde queda San Juan de los Lagos?*

—Me sé de memoria la ruta, yo también he hecho esa manda —dijo presto Jorge Nicolás—. Aquí derecho llegas derechito al Santuario de la Virgen.

—¿Vamos? —preguntó el piloto como buscando un relevo en el timón.

—¡Vamos! —apresuró Jorge Nicolás, antes que Tálamo les revelara que su única destreza era en lides de ordeña, transporte de niños y en motores de tractor.

El tal don Neto había permanecido callado, rascando arena con su bastón y de vez en cuando echándole ojo al diamantazo que cargaba en el meñique izquierdo. Si en lugar de borsalino llevara un fez, el tal don Neto sería la viva imagen del panzón de *Casablanca*, el gran actor Sydney Greenstreet, que luego intentaría robarse *El Halcón Maltés*. Jorge Nicolás había visto esas películas sobre las sábanas del único *cinematógrafo* de Aldama, tal como habían querido implantar la costumbre de llamarlo los muchos jugadores de fútbol argentinos que llegaron contratados en sucesivas generaciones para engrandecer las glorias del equipo León de Aldama. Pero la *vox populi* insistía en decirle “El cinito”, de hecho regenteado por exjugadores gauchos, fundadores también de la gran inundación de bifes, matahambres, alfajores y goles, muchos goles. La aportación cultural del cinito, eran los filmes de aventuras de rompe y rasga, romances de ala ancha, gabardinas en la niebla y heroísmos olvidados. La imagen hizo pensar a Jorge Nicolás en el heroísmo aventurero que podría acompañar o significar su primer vuelo en avión. Incluso, le comentó a Donato:

—Tu patrón es idéntico al gordote de *Casablanca*… ¿Lo traes disfrazado como si le acabara de comprar el café a Humphrey Bogart, o viene en papel de gran rival de Sam Spade, queriéndose robar *El Halcón Maltés?*

—Más que mi patrón es mi amigo y mejor no confundas la realidad con las películas, viejo. Te podrías volver loquito. Este hombre es un afortunado: ha hecho más que dinero que todo tu Hollywood con unos cultivos en Sinaloa que por parcela dan cien veces más que todas las hectáreas de por acá. Además… lo conozco… viene de manda… y no le gustan las bromas —sentenció Donato en tono de miedo, que sólo le faltó (pensó Jorge Nicolás) un rechinido de violonchelo como fondo.

Creyéndose piloto de película, Jorge Nicolás se enfundó los lentes verdes en forma de gota (que el Panini le vendió diciendo que habían sido de Carlos Arruza) y se despidió de los mecánicos con silencioso agradecimiento por no haberlo delatado con Donato. Ni acababan de despegar cuando el capitán Donato, aún con tono de miedo, preguntó a su *copiloto*: —¿Coordenadas?

—¿De quién? —contestó Jorge Nicolás, pensando en las revistas que acababa de hojear en el hangar.

—Rumbo, güey… dame el rumbo.

—Derechito… sobrevuelas Aldama, enfilas hacia la Cruz de las Ilamas, tomamos la carretera como si fuéramos a La Chona, pero cortamos todas las curvas si le seguimos derechito.

Desde arriba, Jorge Nicolás vio a Chon Horta —veedor oficial de las carreras parejeras— que hacía meses andaba desaparecido; le pareció ver la figura diminuta de Ventura Mendoza —el hijo de Amado, peón del rancho— que también decían había huido con la esposa de un comerciante de Aldama. *Ilusiones ópticas*, pensó, igual que la que le provocaba ver el rancho más grande de lo que se sentía a lomo de tractor o a la misma ciudad de Aldama, mucho más chica de lo que le parecía los sábados que iba al *cinematógrafo*. Para cuando sobrevolaron el Santuario del Cerro, al extremo de Aldama, ya habían cogido suficiente altura como para que Donato, ya en franco tono de terror, le dijera:

—Los pedales de ese lado andan cortos, pero luego-luego lo compones con el bastón. Tómalo, hasta que aterricemos... allá me despiertas —y con esa calma, se cruzó de brazos.

No hubo tiempo ni de que titubeara el avión ni de que tartamudeara Jorge Nicolás, pues don Neto interrumpió la maniobra de transtripulación con un ronquido que se convirtió en sentencia:

—Manejas tú, Donato. *La manda es manda*, y además me distraigo con lo que nos platique nuestro joven acompañante —dijo el panzón en un tono cuyo ceceo, balanceo de papada y reflujo salival no podían más que compararse con los del mentado actor de *Casablanca*.

—Pues qué le platico, don Neto —dijo Jorge Nicolás soltando el precario bastón de mando— esa frase de *La manda es manda* se dice mucho en mi familia. Dice mi padre que él la aprendió del cura Miguelito que contaba la historia de un joven del Real de Minas de Santa Fe, que sin fe santa, ni agradecimiento, fue obligado por sus tías a peregrinar hasta San Juan de los Lagos.

—¿Y qué le pasó? —dijo el gordo como si posara en escena de película.

—No, pues resulta que iba muy rajado el jovenazo —prosiguió Jorge Nicolás con ganas de alargar la anécdota y librarse de aterrizar el avión—. Resulta que llegando a Silao ya se quería instalar en un hotel y hacer la mueca —con espera de diez días— que había ido y vuelto, para consuelo de sus tías. Pero ande usted, que lo venían observando unos amigos de la familia y de plano espiado, empezó por repetir lo de *La manda es manda*. Dicen que caminaba a trechos muy rápido y que luego desaceleraba, pero siempre repitiendo su letanía *La manda es manda*. Conforme aumentó la tropa de fieles en la caravana, se le fue creando el chisme de que era ungido, de que iba paisanito… ¡Yo qué sé!

"El caso es que antes de llegar a Aldama, en donde ahora está la Villa del Camino, antes sólo había una rala ranchería y allí acampó la peregrinación. A la luz de la fogata, mientras el jovenazo seguía con su cantaleta de *mandaesmanda*, se le acercó una viejita y le imploró que *siendo usté tan santito, ayúdeme mañana con mi maleta. Si viera que creo no llegar y la manda es manda*.

"A la mañana siguiente, ya puesto a andar, el jovenazo vio a la viejita y sin más palabras que su ya contagiada letanía, le tomó la maleta que dicen era más bien baúl de lo pesado. Para no perder el ritmo, el jovenazo se adelantó a la caravana y caminó cuatro días al frente del pelotón, sin preocuparse por la viejita, porque —para esto— ya la fama de santo no le permitía pasearse entre la *tropa* sin que le tocaran, jalonearan y que le cantaran *La manda es manda*, como coro del purgatorio.

"Dos noches anduvo buscando a la viejita entre fogatas, que habían prendido los fieles que le quedaban más atrás de su paso. No halló a la viejita, pero pensó cumplirle el favor y hasta llegar a San Juan devolverle su maleta.

—¿Y luego? —interrumpió el panzón *Greenstreet*, aunque también ya se notaba el interés del capitán Donato.

—Pues luego, es que llegaron ante la Virgen —es decir, luego de otros tres días de cargar con *La manda es manda*— y que el jovenazo no encontraba a la viejita… y volteaba pa todos lados… y nada… y que la marabunta lo empuja hasta el barandal del altar mayor… y allí que se le cae la maleta... y un reguero de huesos… y un cráneo blanquísimo como de marfil, que se sale rodando de la maleta… y que empiezan los gritos.

Desorbitados los ojos, don Neto se limpiaba el sudor con inmenso pañuelo (digno de la tropical *Casablanca*), al tiempo que el capitán Donato amarraba el manubrio de la Piper Monomotor dándole, de plano, la cara a Jorge Nicolás.

—Pero ahí no acaba el cuento. Dicen que cuando llegó el párroco a donde estaba el tiradero de huesos, ya varios feligreses se habían arrodillado en torno al jovenazo, pues en la maleta venía la foto, de esas grandotas y con retoque, de la mismísima viejita que le había pedido el favor... *La manda es manda* —terminó Jorge Nicolás, consciente de que se había adueñado del tonito del miedo, como si sólo le faltara el violonchelo de las películas.

—¡Vaya historia! —dijo el gordo y añadió—: Así es la manda, y henos aquí...

—¿Aquí dónde? —dijo Donato—, por andar en el chisme creo que nos perdimos.

—Nada de eso, mi Capi —tranquilizó Jorge Nicolás—, si veníamos derechito... Ai al fondo se ven las cúpulas de San Juan... pero les confieso dos cosas: que en mi vida me había subido a un avión y que en ese pueblo no hay campo aéreo.

La serenidad de la doble confesión, quizá porque se escuchó aún con la voz del miedo, provocó que Donato diera un golpe de timón al manubrio, provocando un desliz de quién sabe cuántos pies de altura y el consecuente aleteo para nivelar a la Piper. No sin coraje (*¡¿Qué hubiera pasado si me duermo?!* y *¡¿Si el patrón no hubiera querido oír tus historias?!*), y más bien molesto (*¡Por tu culpa no se hubiera cumplido la manda!*), Donato concluyó con el obligado *¿Ahora qué hacemos?*

Ya se había serenado (¿resignado?) el gordo don Neto, cuando Jorge Nicolás sugirió:

—Dale tres vueltas al pueblo, bajito. Yo le hago la señal a algún coche pa que nos siga a la carretera. El coche detiene el tráfico —que se ve que es poco— y enfilas a aterrizarnos sobre la carretera... ¡y listo!

—Haz lo que dice, Donato. *La manda es manda* —dijo el panzón peliculero, y así fue. Un samaritano entendió las señales de Jorge Nicolás, salió del pueblo en su coche, detuvo con pañuelo a dos camiones de ida y una camioneta que venía en el otro sentido, con lo que aterrizó la Piper sobre la carretera, y además los llevó al Santuario a ver a la Virgen.

Luego de los intensos rezos de don Neto, las agradecidas plegarias del capitán Donato y el presumido arrodillamiento de

Jorge Nicolás para lucir su uniforme de piloto, salieron del templo y Donato lanzó la flamígera sentencia:

—A ver cómo te regresas, ranchero disfrazado —en timbre de voz ya más bien espeluznante.

De nuevo, sin tiempo ni para tartamudear, don Neto tomó del hombro a Jorge Nicolás y no sólo le garantizó el regreso, sino que además le dio dinero para que comprara reliquias de tierra blanca para su familia.

—No sé si sepas, muchacho —añadió don Neto— pero dile a tus padres, que si llegan a tener un empacho de coraje, preocupación digna de desvelo o pena grande… estas figurillas son de cal-yeso y son milagrosas… se comen y se olvida cualquier penuria.

El alivio agradecido hizo que Jorge Nicolás convirtiera su gratitud en confianza. Llegó incluso a señalarle a don Neto su parecido con el actor de *Casablanca*, y lejos de provocarle un enojo, hizo que el gordo confesara su *ferviente amor por Ilsa Lund o Ingrid Bergman, como quieras llamarla. Mi admiración por Paul Heinreid, el heroico Victor Lazlo y ese envidiable talante de Humphrey Bogart, el gran Rick.*

Cuando el Samaritano con Coche de San Juan los llevó de regreso al avión, a Donato se le había pasado el coraje (quizá por una probada de cal-yeso) e incluso le dio por llamar a Jorge Nicolás camarada, copiloto, pareja y compañero. Luego de que el panzón pagara una suculenta propina al Samaritano, garantizando el cese de tránsito para el despegue, Donato no sólo encendió motor, sino que inició lo que podría considerarse el mejor y más rápido curso de aviación: le fue explicando a Jorge Nicolás cada vuelta de tacómetro, cada raya de altímetro, la orientación del compás y hasta el equilibrio de los pedales.

El gordo don Neto Greenstreet, dormido en su sudor cinematográfico, no reparó en el hecho de que al sobrevolar Aldama, de vuelta de una manda inesperada, Jorge Nicolás tomó el manubrio y dirigió la Piper Monomotor en perfecta fila hacia el terraplén de Tálamo Romo y, de no haber sido por la confiada ayuda del capitán Donato, podría decirse que él solo aterrizó la nave.

Extrañamente, el campo aéreo de Aldama estaba desierto. Ni Tálamo Romo ni un solo *bombero* salieron a recibir a la Piper Peregrina. En el hangar solamente se veía la figura dormida, desmayada por el alcohol, de Enedino Torres. Mientras el propio capitán Donato hacía la faena de reabastecer el combustible al Monomotor, el gordo don Neto se despedía de Jorge Nicolás, quitándose lagañas:

—Que llegues a ser piloto de veras o por lo menos que viajes mucho en avión —le decía don Neto, con acento que sería inglés, si no fuera porque lo decía en español—. Guarda tu figura de tierra blanca, nunca sabes qué se te pueda empachar por ahí en la vida y acéptame este dinerito, para que sigas viendo mucho cine. Te daría mi diamante, pues noté que te gustó, pero lo dejé como ofrenda en el altar de la Virgen… Es como si dejara uno de mis huesos —añadió el panzón, recuperando el sonsonete de miedo en su voz cinematográfica.

Donato ya se había reinstalado en la cabina y arrancado el motor, por lo que su despedida fue el enigmático *thumbs-up* con el pulgar curveado de los filmes de combates y bombardeos. Le parecía a Jorge Nicolás que había convivido con dos prófugos de manicomio, millonarios excéntricos que lo tomaron de diversión, ¡pero que lo recompensaban con monedas en oro contante y sonante! Con todo, sentía realizados sus sueños aeronáuticos y eso era bastante para presumirle al *maistro* Tálamo, familiares y amigos de ahora en adelante. Parado en posición de ¡firmes!, como auténtico piloto de combate, Jorge Nicolás sintió la necesidad de cuadrarse y sostuvo rígida la mano derecha sobre el arillo dorado de sus lentes de gota, cuando alcanzó a ver la cara sonriente de don Neto en la ventanilla de la Piper que se perdía entre las nubes-neblina-polvareda del terraplén.

Llegó al rancho eufórico y hubiera iniciado de inmediato el relato fantástico de su aventura, si no fuera porque doña Carmen desenvainó primero:

—¿Y ora tú? ¿Dónde andabas? Tuve que mandar a Amado por tus hermanos… Tu tía Juanita ya me dijo que te vieron donde Tálamo… Ojalá y tengas buena excusa…

Ante el foro de hermanos, al pie de la larga mesa del rancho, Jorge Nicolás fue desgranando cada detalle de su peregrinación aeronáutica. Los más chicos parecían más que divertidos, azorados y admirados con la confirmación del heroísmo de su hermano el piloto; los grandes sólo reían ante las ocurrencias y los detalles que platicaba de tacómetros, brújulas y altímetros; pero doña Carmen, no dejó que terminara su historia Con vehemencia, volvió a desenvainar y le lanzó la implacable cortapisa:

—¡Ni doneto ni Donato, ya no sabes ni qué inventar! Anduviste de morboso, viendo las revistas del mugroso Tálamo y ahora sales con que peregrinación, avión, doneto, donato…

—Pero, madre, si aquí traigo figuras de tierra blanca, de la mera Basílica de San Juan de los Lagos… —intentó justificar Jorge Nicolás, pero fue nuevamente interrumpido:

—¿De dónde sacarías eso?, no sé… pero hasta parece pecado que andes inventándote excusas con la Iglesia, para justificar desmanes…

—Déjalo que invente, gorda —cortó don Pedro, en esa sosegada voz que sólo da la sabiduría de la sencillez—. Deja sus inventos en paz… ya te he dicho que un día nos trae un tractor con turbina… o ya escribirá sus historias en un periódico.

La nana Che estaba en el umbral de la cocina, desde donde miraba a Jorge Nicolás con ojos de *escucha lo que diga tu padre, no explotes, Coquito, que tu padre te saca también de ésta…*

Pero don Pedro, lejos de sacarlo, lo hundía más en la burla de sus hermanos y en los regaños de doña Carmen. Según prosiguió don Pedro:

—Esas figuras las manda traer el padre Miguelito de San Juan de los Lagos y las venden afuera de Catedral, aquí mismo en Aldama, para todos los que no puedan hacer manda de viajar a ver a la Virgen. Además, Gorda, ¿con qué dinero iba a viajar a San Juan?, y ¿cómo le haría pa regresar a comer, si ni en avión se va y viene tan rápido?… Deja que el muchacho tenga sus ilusiones… sus castillos en el aire o su cabeza en las nubes, como dices tú.

Entre las risotadas de sus hermanos, Jorge Nicolás se retiró derrotado, sin poder presumir hazañas de vuelo ni repartir figurillas de cal-yeso. La nana Che lo alcanzó en el granero y, con un timbre en la voz, que nunca se le había escuchado, dijo en voz baja:

—Coquito... Lo que dices viviste, no se puede andar contando así nomás. Yo sí te creo, Coquito, pero esas cosas son cosas que sólo pasan en el cielo... ¿me entiendes?... a lo mejor fueron ángeles y no debes andar mentando que los viste... Además, mi niño, estas cosas dan retortijones de barriga muy fuertes y tú ya sabes cómo quitarte eso.

Lo dejó temblando, no sabía si por el coraje o por la vocecita que le erizó los brazos. Se sentó en el granero hasta bien entrada la noche, comiendo figuras de cal-yeso, recordando la cara sonriente de don Neto en la ventanilla, el saludo pulgar del capitán Donato, el tono del miedo. Al amanecer, enterró las monedas de oro, contante y sonante, en un rincón del granero y juró jamás volver a usar el overol de piloto.

Pasaron varios meses antes de que Jorge Nicolás se animara a ver a Tálamo Romo y los mecánicos para reclamarles su desaparición, pedirles su intercesión o por lo menos, narrarles su aventura. El día que por fin se animó a acercarse al campo aéreo de Aldama, parecería que Tálamo lo estaba esperando. Sin dejarlo siquiera hablar, el *maistro* Tálamo se lo llevó caminando sobre el terraplén de aterrizaje y le lanzó la larga explicación de su aventura:

—Mira Jorge Nicolás, ya me imaginaba que te habías mosqueado con lo de la Piper... por eso le pedí a los muchachos que no te buscaran... ya sabía que vendrías. Mira, antes de que reclames te digo unas cosas: en el momento en que quisiste abalanzarte en plática con el capitán Donato, a los muchachos y a mí sólo nos quedó guardar silencio. Antes de que aterrizara el dichoso avioncito, nos apresuramos al final de la pista con la esperanza de que llegara hasta allá, allí lo reabastecíamos de combustible y te librábamos de esa conocencia... Pero quiso Dios que te los toparas.

"Por eso, en cuanto despegaron para San Juan de los Lagos, me llevé a los muchachos a la capillita de Villa del Camino, para por lo menos pedir que no te metieran en su manda... que regresaras con vida, por lo menos.

“Tampoco te me asustes, verás: a esos dos, ya los conocemos de tiempo atrás. Llegan, aterrizan siempre misteriosamente, sin adelantar llegadas por la radio —¿qué no te llamó la atención que sólo me di cuenta que llegaba la Piper, hasta que ya estaba casi en el terraplén?— siempre llegan así, sin ruido ni alharaca. Una vez, el gordote se presentó como médico y hace como tres años, el piloto decía que venía de combate… Tú eras muy niño, pero éstos ya andaban dando vuelos por Aldama desdendenates que yo me hiciera mecánico.

“Lo que pasa es que no todo el mundo los puede ver… ni todo mundo podrá entender su magia. Lo que viste fue cosa de las nubes y tiene que ver con tiempo… No sé ni cómo explicártelo, pero todo lo que puedas platicarme de tu aventura con ellos… tardarías buen rato en contarlo… Te lo aseguro, y sin que me cuentes nada… A la contraria, sólo te digo que entre que fuimos a la capillita, rezamos y volvimos para esperarte… no pasaron ni quince minutos y ya se veía que habían regresado, por las huellas del terraplén… y por el bidón de la gasolina, que de seguro volvieron a cargar… y porque Enedino, aunque ya andaba muy mareado, nos dijo que te habían pasado a dejar… Gracias a Dios…

Jorge Nicolás se quedó al filo del terraplén, mirando el largo trecho de los aterrizajes, consciente de que su vuelo quedaría por siempre en secreto. Ni ganas tuvo de contarle toda su aventura a Tálamo. De hecho, a partir de entonces dejó de frecuentarlo y se distanció tanto que ni sorpresa sintió cuando los chismes de Aldama rezumbaban con la desaparición del *maistro* Tálamo Romo: que si *se montó en un avión de cuatro hélices y huyó con Carolina Delgadillo, que si robó joyas en La Esmeralda y huyó en una avioneta de mariguanas…*

Años después, el padre Miguelito narraba —no sin envidia— que en su más reciente visita a la Virgen de San Juan de los Lagos, le habían mostrado en el Camerín del Manto, el tesoro de la Sacristía, una donación que hizo un “santo peregrino”: un diamante inmenso con el solo recado *“Para ti Madre, caído del cielo”. Ésas sí son devociones —decía el padre Miguelito—. No que en Aldama sólo me dan pecados en confesionario, de vez en cuando fruta pal dispensario y flores marchitas pa mis altares.*

Pero Coquito ya no mentaba nunca su encuentro con el *santo peregrino*, la ayuda del Samaritano de San Juan, ni cualquier otro detalle de su único vuelo en avión. *La manda es manda*, se repetía callado, ante las noticias milagrosas de cualquier peregrinación, como si se hubiera jurado silencio o como si se hubiera guardado para él solo su aventura en las nubes.

Incluso, no dijo palabra cuando en ocasión de una visita de un querido tío, además médico homeópata, salió en la tertulia de la larga sobremesa una conversación sobre *pases*. Parecería que el tío-doctor les iba a hablar, una vez más, de toros, muletazos y que hasta ensayaría de salón dar un pase natural, pase de pecho, pase de la firma... Pero no, el doctor homeópata hablaba de *complicadas series de movimientos —según Kent— que se hacen con las manos por las cuales se provocan apariciones o desapariciones.*

Tanto tiempo había pasado desde su vuelo de manda, que ninguno de los hermanos, ni doña Carmen ni don Pedro, mostraron el mínimo guiño a que relatara su aventura delante del tío homeópata, pero no tanto tiempo pasó para que Jorge Nicolás se encontrase en un libro con la cita del Kent mencionado por el tío-doctor-homeópata, y en donde se dijera que esas series de complicados movimientos, no necesariamente se hacían con las manos, *podrían hacerse con otros objetos; por ejemplo, con aviones*. Entonces sí, tuvo ganas de escribirle al autor, contarle su vuelo, regalarle su narración para alguna de sus historias... Pero, ¿para qué resucitar el pasado, revivir el coraje... si, como dijo Tálamo, muy pocos lo podrían ver *ni todo mundo podrá entender esa magia?*

Casi olvidada su aventura, lustros después de aquella peregrinación aeronáutica, don Pedro entró en graves problemas con el rancho: una siembra se pudrió, cosechas que no rindieron lo esperado, lluvias que nunca llegaron y que, cuando llegaron, inundaron hasta el corral, deudas exorbitantes y ni una sola autoridad que ayudara al campo... Las aflicciones llegaron a tal grado, que doña Carmen mandó a Jorge Nicolás —acompañado de los hermanos ya crecidos en adultos— a que trajeran figuras de cal-yeso de San Juan para tragar con el coraje y enfrentar las desgracias.

Sólo la anciana nana Che se dio cuenta del Aparecido que se encontró Coquito, cerca del encharcado y vetusto granero. Sólo ella pudo haber visto, sin asustarse, esa figura como de neblina; solamente sus ojos verían al Aparecido que le recordaba a Coquito la fortuna que allí mismo había enterrado. Sólo ella pudo acercarse a Jorge Nicolás, cuando ya venía con el oro, contante y sonante, y solamente a ella, podía confiarle Conquito que desenterró su tesoro por intercesión no de un aparecido, sino de otro aparecido como Ventura Mendoza o Chon Horta o Don Neto o Donato, fantasmas que salen en las películas o que viven en las nubes.

El laboratorio de Rosendo Rebolledo

En un lúgubre sótano del corazón de la ciudad más grande del mundo se oculta el laboratorio fantástico del doctor Rosendo Rebolledo. Aunque pocos pueden acceder a las fantasías que emanan de este amplio centro de experimentación, tengo para mí que se trata de un verdadero patrimonio de nuestra historia, baluarte de nuestra crónica y medidor inigualable de nuestras respectivas cronologías.

El currículo fantasmal del doctor Rebolledo incluye un trienio de estudios preparatorianos en el Colegio de San Ildefonso y ocho años —literalmente, profesionales, pues reprobó cuatro veces anatomía y sólo con mordidas aprobó neurofisiología— en la Antigua Escuela de Medicina. El verdadero perfil que caracteriza a Rebolledo es que se trata de un auténtico habitante de lo que ahora llaman el Centro Histórico: Rosendo Rebolledo nació, creció, estudió y ha pasado todas sus vidas sin salir del Centro de la Ciudad de México. Salvo algunas escapadas a Tacubaya, un memorable *pic-nic* en San Ángel en 1942 y el inolvidable paseo a Xochimilco en 1962, Rebolledo no ha salido de ese mágico perímetro que reúne todos los sabores y poderes de México.

Sin embargo, Rebolledo conoce todos los confines del país y, más aún, tiene las suficientes pócimas en su laboratorio para asegurar que también conoce todas nuestras épocas, cualquier pretérito y todo hecho histórico. Su secreto es orgánico y científico, se desenvuelve entre matraces y tubos de ensayo y sólo será perceptible para algún visitante ocasional.

A falta de recorridos geográficos, el doctor Rebolledo ha exagerado sus conocimientos geológicos; intercambio de paisajes y cerros por frascos de creolita y manganeso. Tiene frascos con jugo de magueyes jaliscienses y tunas de San Luis Potosí que, combinadas con sus propias recetas rebollescas, le han permitido no sólo conocer esas comarcas, sino incluso vivir momentos culminantes de su historia.

Me explico: Rebolledo es uno más de los historiadores sin cartera y sin título que considera la aventura de los recorridos por el pasado como una de las formas más sublimes de la experimentación psicotrópica. Aunque discípulo de Hipócrates y poseedor de su título de galeno operario, el gran Rosendo lleva ya más de treinta años combinando peyote con jugos de tuna y cáscaras de guayaba con jarabes de chía, brebajes que le han permitido no sólo presenciar en vivo la entrada de Miguel Hidalgo a Guadalajara, sino incluso conversar con Francisco I. Madero en la cárcel de San Luis Potosí.

La mayoría de los frascos que se encuentran en su laboratorio fantástico son en realidad alimento y combustible para el conocimiento y vivencia de la Ciudad de México. En grandes garrafones color ámbar —que alguna vez fueron recipientes de la afamada marca homeopática *Similia*— el doctor Rosendo Rebolledo almacena desde limaduras de tezontle hasta raspaduras de cal y concreto —que él mismo ha raspado con su navajita de los afamados muros del centro de la ciudad—. En unas inmensas cajas de madera —también homeopática— Rebolledo tiene un buen arsenal de varilla oxidada, aluminio moderno, cristales de colores, pedazos de semáforo (recogidos luego de choques automovilísticos en calles céntricas) y hasta confetis de desfiles célebres.

Las combinaciones de piedras con frutas, hongos con cal, minerales de diccionario con verduras de mercado, son calculadas por este Doctor de los Tiempos, de manera que al invitado se le ofrecen licuados o cocteles según su inquietud histórica: chocolate prehispánico, champurrado virreinal, licores independentistas, aguardientes liberales, infusiones conservadoras, humos imperiales o tequilas revolucionarios. El invitado pasa entonces a ocupar alguno de los espaciosos sillones y, a ojos cerrados y sin tener que desplazarse de lugar, literalmente viajar por los pasados de México.

Aunque no se pueden revelar las recetas de Rebolledo, valga mencionar que con una combinación de menta, manzanilla y raspaduras de la fachada de la antigua Cámara de Diputados de la calle Donceles, Rebolledo logró aparecer en una de las fotos de paseo de don Porfirio Díaz. En otro viaje, Rebolledo combinó tezontle raspado del antiguo Palacio de Heras y Soto, de la actual calle de Chile, con hierbas que le trajeron de Guanajuato, y sólo así pudo presenciar la entrada triunfal de Agustín de Iturbide a la Ciudad de México el 27 de septiembre de 1821, aunque para él seguía su vida en su propio calendario y no dejaba de estar en cuerpo, aunque sin alma, en 2 de marzo de 1984.

Viajes sin duración fija, con destinos que llegan a precisarse casi al instante deseado, los brebajes de Rosendo Rebolledo son una más de las confirmaciones de las bellezas de la musa Clío. Lejos de la pretensión y el acartonamiento, el oficio de historiar ofrece viajes ilimitados y sus circunstancias, aunque registrables y narrables, son alimento ideal de la imaginación y del ensueño. Ante el laboratorio secreto del doctor Rosendo Rebolledo nos queda la prohibida tentación de rascar los muros de nuestro pasado, confeccionar recetas de viaje al pretérito, combinando historias y biografías, como sólo se encuentra en el paralelo placer de la lectura.

El taxi de Patrimonio Balvanera

Me habían comentado sobre la posibilidad de viajar a Madrid desde la Ciudad de México sin desplazarse del Centro Histórico de esta ciudad. Se trataba de un enrevesado juego místico y misterioso que estaba estrechamente vinculado con el biorritmo personal del potencial viajero, como de la configuración de las estrellas en el día elegido para el pase trasatlántico. De lograr la combinación esotérica, uno sólo tendría que cruzar de rodillas la calle Madero —del Palacio de los Azulejos al atrio del Templo de San Francisco— para encontrarse de pronto en plena Puerta del Sol, corazón urbano de Madrid. Sobra mencionar que nunca logré el anhelado pase ibérico y que sólo provoqué —en tres diferentes ocasiones y horarios— los embotellamientos más ridículos que ha conocido la antigua calle de San Francisco-Plateros.

Sin embargo, el azar y las circunstancias me jugaron una reivindicación. Aunque no llegué a Madrid, tuve la fortuna de viajar en el taxi de Patrimonio Balvanera, vehículo conocido por algunos como *La nave del olvido* y mencionado en algunos textos como *El carruaje de los tiempos*. Su caprichosa carrocería imperceptible y su silencioso desplazamiento por las calles del Centro Histórico de la Ciudad de México han hecho que sólo muy pocos viajeros hayan tenido la oportunidad de viajar en el taxi de Patrimonio, y contar con el privilegio de su conversación.

Para lograr la aventura, se precisa del cumplimiento de ciertos ingredientes: tener afición, o de plano amor, por la historia de la Ciudad de México, comer en algún restaurante del centro (de preferencia con dos aperitivos suaves, mariscos de plato fuerte, postre de pura cepa nacional y dos digestivos semisuaves) y extender la mano, exactamente a las seis de la tarde, en la esquina que hacen las calles de Bolívar y Venustiano Carranza. Exactamente a las seis de la tarde, ni un minuto más, ni uno menos.

Patrimonio Balvanera es moreno, regordete y feliz, a pesar de que ha sufrido los estragos del paso de los tiempos. Lleva tres siglos y medio transportando pasajeros ocasionales, víveres en peligro de descomposición y muchas décadas con el acarreo de libros, cuando su taxi era aún carreta. A mí me tocó en suerte verlo de traje con chaleco, al parecer contemporáneo, pero hay quienes aseguran que puede ir de casaca garigoleada y peluca blanca o de negra levita con chistera alta. Sea de rejoneador colonial o de chofer porfiriano, Patrimonio conjuga sus dotes de manejo con una conversación intermitente.

Sin que se lo dijera, Patrimonio me llamó siempre por mi nombre e intuyendo mi vocación se dirigió directamente al Zócalo mientras me dictaba una perfecta cátedra sobre el último tercio del siglo XIX. Al girar sobre Cinco de Mayo, cambió su conversación y, con la ayuda de la radio, me transportó al México de principios de 1943. Con música de Agustín Lara como fondo, observé un bello cartel (que parecía recién pegado en un muro) anunciando la presentación de la ganadería de Pastejé en el Toreo de la Condesa: *Armilla*, Silverio Pérez y la alternativa de Antonio Velásquez. Dado que es una de mis fervientes aficiones, le pedí a Patrimonio que me hiciera el milagro de poder ver en vivo las faenas de *Tanguito*, *Clarinero* y la lidia de *Andaluz*, que yo ya sabía que se llevarían a cabo en esa tarde (porque sé que así fue en el pasado por donde transitábamos).

Pero Patrimonio tenía otros planes: "Otro día, con más calma, vamos al toro y si quieres hasta platicas con Silverio cuando era joven" y , sin ser tajante, agregó: "Ahora, lo que te toca es definir tu delirio. Sé que has buscado pases locos al otro continente e incluso sé de tus atravesadas de rodillas. De acuerdo con tu afición taurina, deberías saber que los pases —aunque sean pocos— tienen que ser razonados y con ritmo, pero para lograr ese temple no tienes que andar hincándote. Conmigo ya descubriste que el secreto de estos espacios está en el tiempo: el que transcurrió y el que transcurre. Dominarás los espacios en tanto domines los tiempos…" Sus palabras se interrumpieron con un acelerón que le metió al taxi y, con un leve viraje del volante, reconocí el México olímpico y estudiantil de 1968. Contrario a lo que supuse que me esperaba, reconocí —sobre la acera de Isabel la Católica casi esquina con Madero— las figuras ya legendarias de César Costa, con suéter de rombos, Johnny Laboriel, con botines tipo Vétale, Enrique Guzmán y la ya mítica Angélica María.

Creí que me abandonaría en esa época con claras intenciones musicales, mas la aventura que me preparaba Patrimonio era de otro tono. Al doblar por Donceles y llegar a la calle de Argentina, a la altura de lo que ahora ocupa el Museo del Templo Mayor, descubrí que ya viajábamos en otra época, otros trajes y sonidos. Patrimonio paró entonces su taxi, me abrió la puerta con cortesía y con un leve guiño, que me señalaba hacia San Ildefonso, me dijo que allí mismo me esperaría.

Guiado por un desconocido propósito me encontré de pronto en el centro del salón conocido como El Generalito, rodeado de los que ahora son mis maestros aunque aquí los vea con mucho menos años. En las adornadas butacas de madera se instalaban distintos autores, historiadores y escritores en perfecta revoltura de épocas y de idiomas. Michel de Montaigne al lado de Ramón Iglesia, Alfonso Reyes que se acercaba a escuchar a Samuel Johnson, Marc Bloch y Diderot se reían de un comentario de Herodoto y éste tomaba del brazo a quien reconocí al instante como Lucas Alamán.

Con la emoción que me provocaba mi azoro, quise preguntarle al joven que se sentaba a mi lado (que ahora he leído y releído con frecuencia), si todo aquello era realidad palpable o ilusión etílica, ¿cada cuándo se juntan? ¿son clases o tertulias? ¿hay examen?… pero adivinando mi inquietud, mi ahora maestro me susurró: "Que no te sorprenda, pero esta reunión es infinita. Aquí vienes, ves y escuchas cuanto leas y recuerdes. Esta es el aula de la memoria, jardín de Clío, refractario de Cronos, vasija de todo saber y cátedra son calificación".

Una hora después, recuerdo una campanada, cuando sentí el mismo e inexplicable propósito de regresar al taxi de

Patrimonio. Con una sonrisa, que merece el adjetivo de deslumbrante, Patrimonio Balvanera me esperaba vestido ahora de impecable chaqué y, una vez que me cerró la puerta, acelerando la mágica nave del irónico olvido, me reiteró la posibilidad de más y más viajes a las reuniones de El Generalito con la conclusión de su cátedra: "La clave que necesitas está en que recorras los pasados en tanto recorras los espacios y que camines todos los espacios en tanto reconozcas, leas o conozcas, todos los tiempos posibles".

Me dieron ganas de preguntarle más detalles a Patrimonio Balvanera cuando observé que paraba en la misma esquina donde arrancó nuestro recorrido. Con el mismo guiño que me había lanzado anteriormente, me abrió la portezuela y me despidió al desvanecerse entre humos. Ante el vacío que dejó el taxi desaparecido, mi mirada quedó fija en el reloj otomano de la esquina de Carranza y Bolívar, que marcaba las seis en punto de la tarde con la implacable fidelidad de siempre.

Las infusiones de Wang Feng

Aunque nacido en Mexicali, Baja California, y bautizado como Faustino por sus padres inmigrantes, Wang Feng lleva en su aspecto, acento, y en muchos años de ejercicio profesional, una auténtica personalidad de mandarín de siglos pasados. Hay quienes aseguran que se trata de un verdadero caso de personalidad omnipresente —que en las noches duerme en Pekín y que despierta involuntariamente en plena Ciudad de México— y que sus atributos más que de fármaco oriental, se deben a oscuras conjuras mágico-esotéricas. Lo cierto es que Wang Feng es más mexicano que el mole poblano y que la confusión de sus virtudes se debe a la efectividad de sus recetas.

Inmersas en el enigmático barrio chino de la ciudad más grande del mundo —barrio microscópico si se compara con el *Chinatown* neoyorquino o la Gran Comunidad de San Francisco— se encuentran las dos habitaciones que, desde 1953, alquila mi amigo Wang Feng. En lo que parece un fumadero de opio —más copiado de las películas norteamericanas que de fotografías auténticas— Wang Feng recibe a los clientes con una variedad infinitamente cromática de batas orientales, gestos y sandalias inconfundiblemente pequinesas y una sonrisa que no es exagerado calificar de eterna.

La mayor parte de su clientela responde a un añejado anuncio que Wang Feng coloca en un periódico desde hace ya treinta años y, por lo mismo, buscan aliviar insomnios, dolores de muelas y problemas renales. Así, Wang Feng se ha especializado a tal grado en estos males que con unas pequeñas bolsitas de yerbas —orientales y xochimilcas— despacha a su clientela con una sola cita, lo cual ha fomentado su mitificación.

Por buenos y largos años que desayuné a diario en un café de sus paisanos —"La flor del cachanilla" que se ubicaba en la calle de Artículo 123— me consta la verdadera biografía de Faustino Wang Feng y, aunque nunca he comprobado su fama de viajero nocturno del espacio, sí puedo corroborar sus habilidades como viajero de los tiempos. Resulta que en mi ya recurrente afán por recorrer el pretérito de México, una mañana le pregunté al buen Feng si no manejaba drogas o alucinógenos que me permitieran estudiar mejor esa época que en los libros llaman Revolución Mexicana. Le expliqué que durante mis estudios siempre me parecieron insípidas las clases del profesor Malandrina que, ni por edad ni por vocación, conocía realmente el tema. Además, Jacinto Malandrina no le imprimía ninguna emoción a las dizque clases que dictaba sobre esa época que se inicia con el derrumbe de Don Porfirio y que, según los discursos, aún sigue dando vueltas en nuestra cronología política.

A mi parecer, y gracias a unas lecturas fuera de clase, más que *Una Revolución* esa época reúne varias revoluciones, algunas rebeliones y un mosaico de pasiones: desde la configuración geográfica de los lugares de origen y terruños de quienes se alzaron, los particulares motivos que los orientaron y las utópicas metas que se propusieron los distintos bandos. Con todo, ya tenía yo elaborada una hipótesis que dividía —más o menos y no tan caprichosamente— a esa etapa de historia mexicana en partes: la apostólica-democrática de Madero, la revancha-reversa-etílica de Victoriano Huerta, la reivindicación-bandolera y febril de Francisco Villa, la constitucionalista-reformista-porfiriana de Carranza, la terrenal-autóctona de Zapata y otra serie de divisiones, a mi parecer, definitorias.

Para mi fortuna, y en un gesto de verdadera cortesía oriental, Wang Feng me permitió conocer los íntimos secretos de su consultorio. Rodeado de dragones de papel (y no pocos alebrijes de Oaxaca) y rociado con inciensos maravillosos, mi amigo Wang me mandó, con la fuerza de un té de limón, directamente a la ciudad de Celaya en 1915. La rara infusión que me recetó este mágico personaje (que de no ser por Mexicali, lo habría creado Woody Allen) me permitió conocer en persona —y en un mismo día— las impresiones de Álvaro Obregón y Francisco Villa, a punto de enfrentarse en una de las batallas cruciales que libraron en el Bajío guanajuatense.

Escuché —porque lo presencié en mi delirio oriental— a Felipe Ángeles decirle a Villa que mejor era retirarse al Norte. Villa quería atacar Celaya con unas cargas de caballería descarada, a la usanza de cómo triunfó en Tierra Blanca, pero Ángeles le advertía que Obregón lo esperaría atrincherado en estas tierras sin arenosas dunas móviles, sino inmóviles zanjas de la muerte. A punto de diluirse mi alucinación, alcancé a ver cómo Álvaro Obregón redactaba —aún con puño y letra que luego perdería en Santa Ana del Conde— aquel telegrama donde informaba que el "enemigo hase replegado varios kilómetros, dejando campo regado de cadáveres…".

Siguieron varias sesiones, casi dos veces por semana, en el salón de Wang Feng para que pudiera corroborar mi hipótesis: la Revolución Mexicana reunió distintos ánimos, diferentes proyectos, diversas propuestas… y para estudiar esta época crucial de nuestra historia es preciso reconocer la intensidad y desolación mortal que generan las guerras.

Con la sutileza de un siamés de pedigrí, Wang Feng tiene desde su salón de la calle de Dolores el pasaporte ideal para la confirmación de nuestra memoria o la exploración de nuestra historia. Más que un armario de complicadas infusiones, el Gran Feng ofrece la serenidad onírica —similar a las distancias que brinda la lectura o la reflexión— y desde los silenciosos enredos de un sueño provocado —similar a los caminos que toma la imaginación ante la lectura sin prisas— es capaz de mandarnos al pasado en presente.

Por falta de recursos no he podido visitar a Wang Feng con la frecuencia que quisiera. Aunque, luego de mis viajes revolucionados y revolucionarios, tuve oportunidad de vivir algunos momentos reveladores de la Guerra de Reforma y hasta un desfile durante el sexenio de Adolfo Ruiz Cortines.

Sé de buena fuente que Faustino Wang Feng se regresa definitivamente a Mexicali. Sin embargo, me encuentro en pleno ahorro de fondos ya que el Gran Wang ofreció cumplirme un último viaje con sus infusiones: desde la preparatoria he querido confirmar algunas hipótesis sobre la Güera Rodríguez. Prometo que informaré.

Pasado en falso

Diré que su apellido era Avellaneda, aunque quizá se trate de un seudónimo. Aficionado a la mentira y con fácil recurrencia al pretexto, Avellaneda —aunque inscrito en la Facultad de Jurisprudencia— logró copiar y exentar con justificantes todos los exámenes correspondientes a la carrera de historia en la Antigua Universidad de San Hipólito, *alma mater* de esta ciudad neblumosa cuyo irónico lema rezaba *Verdad, Memoria y Justicia*. Finalmente, obtuvo el doble título de abogado e historiador con la voluminosa tesis *Las amapolas del sueño mexicano. Influencia de estupefacientes en la Guerra de Reforma*, cuya falsedad nunca se demostró al no ser leída ni por los sinodales de su examen profesional.

Pasados varios lustros, se conocía la exitosa vida licenciosa y lujosísima que llevaba Avellaneda: viajes y viejas, joyas y jardines, centenarios de cobre y dólares impresos en Mixcoac. Había logrado fincar un importante capital financiero —además de confeccionar una diversa red de interrelaciones comerciales— fincados en su fácil propensión a la impostura, su comodidad en el engaño y la mitomanía cuasigenética que lo distinguía. Su aspecto mismo era un compendio de falsificaciones: *base* capilar que le decoraba el cráneo con falsos chinos, trajes de "imitación lana inglesa", estilográfica *Parker* de evidente manufactura pirata, mancuernillas de hueso de perro y zapatos de acocodrilado plástico.

Avellaneda vivía del embuste y se aprovechaba de la inocencia ignorante de quien se le cruzara en la mira. Así, vendió en Colima unos "apuntes desconocidos de Tamayo" y en San Luis Potosí los "versos potosinos e inéditos de Ramón López Velarde", ambas grandes estafas que podrían ser detectadas por cualquier mínimo lector, pero que cayeron en inocentes manos convencidas del "impresionismo cubista de Tamayo" y de la "delicada caligrafía de nuestro máximo bardo" que les insufló el engañoso Avellaneda con convincentes frases como "Nótese la calidez oaxaqueña que transpiran estos apuntes" o "Ya se ven aquí las formas de sus sandías" —en el caso de los "Tamayos"— y los alardes literarios con los que Avellaneda aseguraba que "sólo un zacatecano lograría plasmar así el encanto potosino" y lo de "No cabe duda que *Suave*, de su *Suave Patria*, lo encontró en el aroma de las tunas que se dan por estos lares".

Se dice que era un maestro del disfraz y que, gracias a un complicado itinerario geográfico ligado a un secreto compendio de pelucas, bigotes, gafas y vestimentas, Avellaneda recorrió la Ciudad de México cuadriculando una amplia red de ventas falsas, imposturas redituables y mentiras millonarias: a una junta de vecinos de Peralvillo les enjaretó "uno de los tres verdaderos penachos de Moctezuma", el cual pagaron en cómodas mensualidades además de que aceptaron guardarlo en secreto "hasta que renazca nuestro imperio usurpado"; a un millonario veracruzano, avecindado en Tlalpan, le logró vender al contado "la última bota de la desaparecida pierna de Santa Anna" y, más de un ingenuo, cayó en las redes de su "Mueblería Virreinal" especializada en bargueños, baúles, roperos, hornillas, careyes, marfiles y estofados que Avellaneda copiaba de los museos y reproducía en su clandestina fábrica de Iztapalapa.

En realidad, no es este el espacio para redactar el catálogo de sus falsificaciones mobiliarias e inmobiliarias (también vendió terrenos en el Ajusco y un "tiempo compartido" en Xochimilco), sino reseñar las implicaciones historiográficas de sus devaneos. Bajo el lema de "Invierta en Historia", Avellaneda no sólo se hizo millonario, sino que además alimentó la ya de por sí generalizada amnesia histórica. En su bitácora de desconciertos —que además, tuvo el descaro de imprimir en libelos, opúsculos, libritos y panfletos firmados, obviamente con seudónimos— Avellaneda aseguraba conocer el sitio exacto donde se guarda la piedra que llevó en sus espaldas el Pípila; que la campana de Dolores no se encuentra en Palacio Nacional, sino en las profundidades del Golfo de México —"sólo así podrían acallar nuestros gritos libertarios”—; que todos los presidentes de la República, de Ortiz Rubio hasta la fecha, recurren a los servicios de actores que los “doblan” en algunas funciones oficiales y que “todos están guardados —vivos y muertos— en un zoológico privado de Cuemanco”. Según él, “todos estos actores han terminado esquizofrénicos. Si no me crees, te llevo y verás cómo andan deambulando, repitiendo Informes de Gobierno que se saben de memoria, en voz alta y cruzados con bandas tricolores”.

Tiene bien establecida una red de puestos ambulantes en donde venden todo tipo de grabaciones piratas y apócrifas. En esta faceta, el mitómano melómano de Avellaneda no sólo reproduce grabaciones de conjuntos, cantantes y orquestas del mundo entero, sino que además se ha aventurado a la “recreación artística”, en donde para ahorrar costos, ha sido capaz de vender como “Sinatra's Hits” una grabación en mal inglés del cantante del Bar Emperador del Hotel Azteca o la ya famosa grabación de una banda infantil del estado de Morelos, que en la caja aparece anunciada como “Orquesta de Solistas de Von Karajan”.

Avellaneda se ha logrado infiltrar en algunas instituciones de educación superior (en donde cobardemente, evade las escuelas de historia) para convencer a estudiantes de economía, contabilidad, derecho, ingeniería o arquitectura de las más inverosímiles mentirotas. Finca su éxito en un ilusorio sentido del triunfalismo mexicano y superioridad azteca, según él,“frustrados por circunstancias ignotas”. Así, ha infiltrado los rollos de que “desde el siglo XIX, en realidad, no existe deuda externa alguna”, que “las cuentas nacionales se calculan en un sótano del Banco de México al calor de unos mezcales”, o que la Pirámide de Pei, del Museo del Louvre, es en realidad “un proyecto netamente mexicano —nayarita para ser exacto—, pero se lo robó el chinito cuando vino de vacaciones a Vallarta”. Con frases como “Italia nos copió la bandera, aunque no tengan águila con serpiente” o que “Venecia es una copia urbanística de Tenochtitlán”, Avellaneda ha logrado inocular con falsos orgullos cívico-históricos a más de un inocente.

Así como hay individuos que se jactan de colgar en sus paredes cuadros de Picasso, cuya única autenticidad radica en el precio exorbitante con que fueron engañosamente vendidos, Avellaneda ha capitalizado otra propensión a la mentira: la casi imperiosa urgencia por creer en anécdotas, datos, batallas, biografías o bitácoras que exaltan nuestro pasado, justifican nuestras derrotas o "explican" nuestro devenir en el tiempo, aunque no tengan ningún dato, documento, registro, recado o papelito que certifique su verdad. Avellaneda, rey de la impostura y paladín de la falsificación, no es más que un sólido pilar de la memoria sin comprobación, historiografía sin sustento, bibliografía sin citas. Indudablemente ameno, pero peligrosamente amenazador para todos los amantes de la "imitación piel", "saborizante artificial", "marca patito" y *nutrasweet*.

Noche de ronda

Luna que se quiebra
sobre las tinieblas de mi corazón…
AGUSTÍN LARA

Bernardo Benavides, servidor… Antes de que te lleguen con chismes, permíteme ser el primero en orientarte: has llegado a la gloria burocrática, la panacea presupuestal… Status quo, mi hermano… No rezongues, ni propongas… Hazme caso: si te da por andar de contreras, atente a las consecuencias… me permití observar que llegaste del brazo del Licenciado Revilla, viejo encomiable. Si es tu padrino, enhorabuena mano… Nadie lo desea de enemigo, ni aquí ni en China… Te hablo rápido, antes de que llegue la Señorita Rebolledo porque está prohibido intercambiar chorcha, pero con ésta me despido: No te dejes encandilar con las secres… Te juro que son mujeres falsas… Invéntate a diario pretextos para concentrarte en tus papeles, haz como si trabajaras con intensidad cívica, responsabilidad heroica o qué sé yo… Luego le seguimos, ai viene la Rebolledo…

El Licenciado Rolando Revilla cortejaba a mi madre desde que salí de la secundaria. Sólo algún vecino chismoso y malpensado podría decir que se aprovechó de su viudez y de nuestro desamparo. La verdad, es que Rolando siempre ha sido como un padre para mí: firmaba mis calificaciones en la escuela, nunca me faltó ni una sola quincena para mis gastos de camión y comidas, en más de una ocasión ayudó a mi madre con los papeles de su pensión y hasta me consiguió empleo en el Departamento de Devoluciones Fiscales del Ministerio en donde había hecho su carrera administrativa.

Qué bien le haces al pendejo, manito. Te estuve observando todo el día y por ésta que parecía que estabas bien clavado en tus papeles. Ni creas que me engañaste: luegoluego se notaba que sólo andabas vaciando los cajones del escritorio que te asignó tu padrino. Ése era el lugar de Ramiritos… si vieras que era buena persona… Con todo y que has de haber hallado sus postalitas pornográficas… ¿A poco las tiraste?… Quédatelas, no seas buey. Luego te vas a aburrir y ai vas a andar buscando en qué entretenerte… ¿Te late que te invite la cena? Hoy me pagaron mi quincena, con todo y bonos… Ándale, alótra quincena te toca a ti… Ai te sigo platicando.

A mi primer día de trabajo entré del brazo de Rolando, como si en verdad fuera su hijo. Me instaló en mi escritorio con un sentido abrazo y unas palabras que jamás olvidaré: *Ya eres un hombrecito. Siempre contarás conmigo y ahora, yo sólo espero formalizar mi presencia con tu madre.* Ese mismo día me hice amigo de Benavides, por lo visto, un funcionario con muchos años de andar en esto.

¿Qué me dices de estas calles? A que ni las conocías… Ni me preguntes de los edificios… Te asustarías con lo que sé: me he aprendido de memoria los nombres de casi todos los inquilinos y hasta qué fue de ellos. Échale un ojo a ese palacito, ¿a poco no está a toda madre?… No te me canses compañero, nomás faltan dos cuadras y vas a ver qué cenita nos espera… Es una fonda a tutis plais móder… Deja que yo pida (caldo de pollo, dos sopes y muchos frijolitos aquí pal joven, hoy empezó labores y le toca menú de advenedizo) y deja que te comparta mis errores, pa que no los repitas… Mira mis dedos, amarillos. No te claves con el vicio del cigarro. No te lo digo por salud, sino por aspecto. A mí me vale madres si te encochinas los pulmones… Lo importante es tener manos inmaculadas… por los papeles… por los saludos… ya verás por qué te lo digo. Ora, mira mis dientes: son postizos… Si no quieres acabar así: aplícate la pastillita de fluoruro diario, cepillazo en las noches… En este oficio se precisan sonrisas enigmáticas, fosforescentes, bien brillosas… Ahora, mira mi cara, ¿qué le ves? Arrugas y una cicatriz… no te la pases como yo, risa y risa, mira las arrugas… No tienen solución (Tráiganos una jarra de jamaica, éste la va a necesitar)… De la cicatriz, sólo te digo que te pongas

muy chango... En este mundo hay muchos envidiosos y por todos lados hay rateros... estamos rodeados de puros culeros... Chango, mano, siempre alerta... (¿Qué pasó con los chilitos, doña? Me extraña que siendo araña se caiga usté de la paré)... te ves cansado... mañana le seguimos... Descánsale...

Mi madre me esperó hasta casi las nueve de la noche. A la pobre ya le andaba por saber cómo me había ido y nos quedamos platicando hasta casi las doce. La sentí muy emocionada, y hasta orgullosa, pero con todo y todo no se perdió su capítulo de *Anita de Montemar*, esa telenovela que rige sus emociones y hasta le dicta sus criterios. No hay quien la sonsaque de que el libreto de esa opereta es viejísimo y que los anuncios de los patrocinadores son de puros productos caducos... bien superados por los de importación. De todo lo que le platiqué, se le hizo muy importante que tuviera ya escritorio, ventana y papeles; no le gustó que hubiera muchachas entre los diecisiete funcionarios que ocupamos esa sección de la dependencia; tampoco le gustó mi recién amistad con Benavides (*No vaya a ser un degenerado mijito. Uno nunca sabe*) y le emocionó francamente el chisme que le conté de Rolando, las palabras que me dijo al instalarme en mi puesto. Esa noche y las siguientes, caímos dormidos como piedras. Hasta el momento no puedo quitarme de la cabeza cómo me cambió la bendición: *Déjate descansar mijito... Llevo años preparando estos momentos con Dios y con Rolando...* Con el trabajo entraba a una nueva vida, mi madre ya no me daba bendiciones de niño ni de ángeles de la guarda... Me sentí un hombre... Con todo el significado que implican sus sílabas.

¡Puntualazo! Así me gusta y así no vas a tener broncas con la Rebolledo. Aprovechando que no está (va llegar como a las once... hoy hay guardia en Los Héroes) te traje mis catalejos. Apunta pa las azoteas, amiguito, ya verás cómo anda la servidumbre en este valle de lágrimas (¡Hay una que lava los martes que ya verás que tamaño de piernón loco!)... ¿Qué más te has encontrado en los cajones de Ramiritos? ¡Pobre cabrón! Pa mí que le faltó valor y

paciencia... Se le hizo poco el Departamento y ai andará vagando como pendejo... Nos vemos a la salida... Te invito a cenar... No te apenes, ya te tocará... cuando cobres tu primera quincena.

Mi puesto en el Departamento de Devoluciones Fiscales no sólo me abría las puertas al desarrollo profesional (por algo elegí no estudiar en la Universidad), sino que además me descubrió la cuidad que yo desconocía. Ya me lo había advertido Rolando (*¿Hace cuánto que no vas al Centro? Tu vida transcurrió en un lindero, ¡espérate a qué conozcas de verdad la grandeza de tu cuidad!*). Desde la ventana que tocaba mi escritorio se veía el volcán nevado (que siempre se me olvida su nombre) y echaba borbotones de humo gris que se mezclaban con la blanquísima nieve y luego con el verdísimo y los ocres de la lejanía. Bajo la ventana, el paraíso multicolor de los vendedores deambulantes de la Plaza Mayor, con el Mercadito de la Virreina en medio. Enfrente, la Catedral Basílica, en dónde está nuestra Madre y al lado, el mismísimo Palacio Imperial.

¿Ya te subiste al de abajo? No güey, no es albur: el de abajo es el Subterráneo... logro máximo de nuestra Holy Revolution y joya de nuestra ingeniería moderna, como dijo el Preciso Díaz Medina el día de la Inauguración, "el Metro es la resurrección de nuestros canales prehispánicos"... ¿A poco te vienes en camión desde tu casa? Nhombre, si lo que mejor te conviene es el metro de la estación Coyotes (De retache, ai mismo tomas el camión pa tu casa)... diecisiete estaciones (nomás acuérdate que somos diecisiete en la office y nunca pierdes tu bajada)... Te queda a dos cuadras de la Plaza... ¿Cuántos días llevas ya en el Depa de Devoluciones Fiscales? Espérate a que pases tu primera quincena, o mejor, a partir de la segunda, y empieza a pedirme Comisiones de Indagación. Son los papelitos que hago en la oficina... son como vales y con ésos te da salida la Rebolledo... ¿Cómo que para qué? Pa perder tiempo, güey. Además, ¿cómo esperas deambular la Cuidad más inmensa del mundo, si no es tomándote tiempitos lejos de la chamba?

En vísperas de mi primera quincena tuve mi primer arrepentimiento. Salí del Departamento sin despedirme de Benavides. De hecho, lo evadí. Pensé que correría a alcanzarme en la estación Plaza Grande del Subterráneo y dale de nuevo con la cenita de advenedizos. Pero en la puerta de la Secretaría, tomé camino hacia el otro lado y me monté en la bicicleta colectiva hacia la estación del Metro Teatro Blanquito, la que está cerca del Palacio Mármol. Catorce días de recorrer treinta y dos kilómetros diarios, trece días de andar por debajo de la tierra sólo porque así lo recomendaba Benavides, casi una quincena de no hacer nada más que limpiar cajones y archiveros de un burócrata papelero… Dos semanas de hacerme pendejo, de ver por la ventana como quien mira un paisaje pintado, de no poder coquetear con las secres de la oficina ni con las gatas que adornan las azoteas… Pero mi madre mantenía la misma ilusión del primer día y seguía durmiéndome con la bendición de adultos… Mi arrepentimiento no pasó de pensamientos perdidos en el vagón del Metro. Toda intención por abandonar mi trabajo y enrolarme en la universidad se desvaneció apenas crucé el umbral de mi casa. Mi madre se había quitado el luto y era la primera vez que la veía en colores desde que hice la Primera Comunión y la casa estaba inundada, repleta, llena de aparatos y aparatitos: licuadora, estufa de cuatro quemadores, refrigerador (chiquito, pero refri al fin), ventilador de mesa y, desde luego, una inmensa televisión de colores. *Es que en los Almacenes Azteca, desde que se enteró el Gerente que trabajas —y en el Departamento, y además recomendado por Rolando— me concedió crédito… ¡Estamos en la vida, mijito, y todo se lo debo a tu decisión… y a la ayuda de Rolando… y a la misericordia de Dios que así sea!*

Ayer te me pelaste condenado: ¡No vieras la que te tenía preparada! Resulta que Coquis y Lupita no son tan falsas como creí… Y resulta que les gustaste y ya teníamos preparada una velada exorbitante… Pero me saliste con la nerviolera de la primera quincena… ¡Claro que lo sé! A todos nos pasa… Apenas vas a cobrar el primer chequecillo y se nos arruga el alma… nos da por pensar que cualquier otra cosa sería mejor que la de trabajar, aun-

que nos paguen... ¿Por qué crees que fallamos los penales en el fut? ¡Por lo mismo, güey! A todos se nos arruga alóradelora... Pero no te me achicopales, amiguito. Hoy cobras y no en cheque: me enteré que la Rebolledo ya te cambió tu lana a billetes y monedas, crujientes y sonantes bróder... Y ai te va lo mejor: por encima de mi escritorio pasó el oficio, firmado por el mismísimo Licenciado Rolando Revilla, en donde ordena el depósito quincenal en cuenta de ahorros a nombre de tu jefecita; pa ti, varias Comisiones de Indagación a la semana y dos bonos mensuales en purititio efectivo... ¡Ya la hiciste, mi buen! A mí me tardaron tres años antes del primer bono y a la fecha no me han autorizado lo de la cuenta de ahorros... ¿Cómo que pa qué?... ¡No mames pinches mames! Tu lana es tu lana, y con lo que le depositan a tu jefecita queda saldada tu obligación de hogar... ¿No entiendes, verdá?... Revilla te está becando la vida, güey. Te dije, ni reclames ni propongas, sólo hazte pendejo (que, por cierto, te sale muy bien) y gózale... gózale, mi buen.

Quería decirle a mi madre que mejor intentaría estudiar en la Universidad, pero los electrodomésticos me hicieron callar. A la pobre se le veían los ojos llorosos, no sé si por la emoción o por ver tan de cerca el televisor (además, a colores; para ella, que siempre había andado de luto). Ni hablar de la cena (¡cuál menú de advenedizo ni qué ocho cuartos!): filete de carne pura de res, leche pura de vaca, queso-queso de leche y pan de huevo... Si nomás por nostalgia le pedí tortillas. Mi sobremesa se volvió más bien una hipócrita descripción de mentiras con las que yo dizque "dominaba" el ancho mundo... Le exageré lo del papeleo en la oficina, le inventé que ya firmaba los oficios y hasta que dictaba ordenanzas. A tanto llegué que, cuando terminó *Anita de Montemar* (ahora a colores) y empezó el noticiero con la alharaca de las humaredas que sigue escupiendo el volcán que se me olvida su nombre, la convencí de que había estado tan ocupado en el Departamento que ni tiempo tuve de mirar por la ventana... Como película de cine, la pobre quiso darme un cumpleaños adelantado y entonces sacó la *radiograbadoratrescanalesdiscocompactodigital* de Almacenes Azteca... Sucumbí y se acabaron mis ganas de renunciar a la burocracia, ingresar en la Universidad... Esa noche dormimos con música. Ya me ganaba el sueño cuando me dio mi bendición... al fondo, las voces del Trío Los Panchos armonizaban la noche como un verdadero coro de ángeles...

¿Cómo ves? Te lo dije, compañero. Ai tienes el comprobante de depósito, guarda tus bonos en tu escritorio y las Comisiones de Indagación bajo llave. Son oro puro, mi buen, yo sé lo que te digo... Está por llegar la Rebolledo, así que te informo rapidito... La onda es noche de ronda... tunaít, hoy, orines de gato y no se vale rajarse... Ya están apalabradas la Coquis y la Lupita...

Noche de ronda, compañero, ¿Revilla y Rebolledo? ¡la vida misma!... Yo sabía que mibas a salir con eso, pero permíteme que te lance la verdad: Revilla en persona, que es como decir que personalmente, le va a entregar la cartilla de ahorros a tu jefecita. Yo mismo vi los sellos y la firma del Meromero en el oficio que le permite tomarse la tarde de hoy quincena... Sé que la verdad es dura mi valedor, pero tampoco te hagas el péndex... ese noviazgo lleva años y hoy, siendo jueves, el Licenciado Revillaso se toma toda la tarde y, como quien dice aprovechando, también el viernes para Comisión de Indagación (yo mismo sellé los vales) y ten por seguro que quiere pasársela con tu santa madre... Así que resígnate carnalito y prepara tus pilas for tunáit is Rondas Náit... ¡Aguas, ai viene la Bruja!

¿Soñé? ¿Se me saldría en la sobremesa? ¿A poco pensé en voz alta?... No me acuerdo, el caso es que me veo hablándole en voz baja... estamos en mi casa, rodeados de electrodomésticos... Me veo describiéndole la Avenida Renovación... ocho carriles, más de cien coches zumbando sin tener que obedecer ni un solo semáforo... la esquina de Héroes Derrotados con la Calzada Reivindicación... una camarilla de ocho jovencitos realizan una limpieza integral de parabrisas, carrocería y espejos en menos de treinta segundos... Hablé del atrio de la Capilla Antonina donde se juntaban los más audaces tragafuegos... Le conté o soñé que, desde la ventana de mi escritorio se ven las filas de los desempleados en espera de un milagro: plomeros, carpinteros, abogados, contadores, filósofos, ingenieros, poetas, arquitectos... todos los oficios recargados en las rejas de la Catedral Basílica con su respectivo letrero anunciando sus tarifas con el sello de la Oportunidad Democrática, el mismo sello que usamos en todos los oficios del Departamento... Hablé de calles que parecen de otra época, con edificios cargados de siglos y a la vuelta edificios caídos con el Gran Terremoto que desde entonces no han podido levantarse, a pesar de Oportunidad Democrática... Todo cabe en la ciudad, madre. He visto vendedores de libros que nadie lee, cerilleros que venden encendedores, calendarios caducos, horóscopos mentirosos, dietas falsas, dulces rancios, viajes inconcebibles y seguros de vida desfilando en cada vagón del Metro... Hay periódicos de colores y puestos con más de setenta revistas que cambian cada cuatro días y perros de todas las razas y pájaros somnolientos por la contaminación ambiental... He visto todo, madre. Todo, que me marea... Chiles en polvo y frutas enchiladas, ratas que son como liebres y ancianos que lloran solos, legiones enteras de hombres con lentes oscuros y rebaños de mujeres tristes, niños apretujados a las espaldas de las inditas en un rebozo que es como una hamaca, hablando-cantado lenguas que jamás había escuchado. Millones de voces deambulando en boca de las más raras caras, bocas chuecas, lunares horribles, labios pintados y ojos volteados. He visto pies descalzos, con botas, en sandalias, con huaraches... ¿Soñé? ¿Pensé?... Hablé de faldas abiertas hasta el muslo y faldones que caían hasta el huesito. Hablé de escotes y de escaparates repletos de prendas íntimas... ¿Cómo pude decírselo o siquiera soñar que se lo decía? A mi propia madre, que lava en secreto sus calzones para no meterme ideas... He visto la felicidad anónima en gentes que apenas caminan, en las caras de los locos que chocan coches, en la ira de un hombre pegado a la sirena de una ambulancia y en la desesperación de un policía... He visto un ángel de oro puro que parece que vuela sobre las calles anchas y letreros por todos lados y estatuas de caballos inmensos con jinetes desconocidos... Todos los días veo al mismo avión, grandísimo y pesado, que se posa en la pista de Los Llanos como si fuera una garza, justo en medio de la Zona Multifamiliar... He visto tantas cosas, madre, que estoy cansado... Son demasiados ruidos... demasiadas ideas revueltas en tan poco tiempo... Yo no quiero terminar como Benavides... Hay gente hablando sola por las calles... Todas las miradas me parecen perdidas... Estoy en una pecera, sentado en mi escritorio... ¿Por qué me cansa la vida, madre?... ¿Soñé todo esto?... ¿Porqué se murió papá?... ¿Adónde se nos fue?

¿Tons qué? ¿Ya te hiciste a la idea? Noche de ronda, mi amigo... Ni me salgas con eso, mano. Tu madre ya se merece una pareja, Revilla ha hecho mucho por ustedes y no hay más que hablar. No te des más vueltas. La única vuelta que te toca es tunaít con Rondas Náit... Pa que no te agüites, ai te va el delirio: estamos amarrados al Departamento mejor remunerado que ha dado la Oportunidad Democrática; somos jóvenes (tú más que yo, aunque yo no canto mal las rancheras) y tenemos toda una vida por delante (quincenas, comisiones, bonos, vales, ahorros y papeles y más papeles)... agrégale dos nenorras que han resultado ser más aventadas de lo que parecían (es más, te dejo a la Coquis pa que veas que soy cuate) y tu primer pago ya con depósito y bonos abonados te lo entrega la Bruja Rebolledo en exactamente cuarenta y cinco minutos y en billetes crujientes, pagaderos al portador y en monedas contantes y sonantes. ¿Qué más quieres, güey?... Así que déjate de pendejadas y de andar rumiando... No, para nada señorita. Sólo estaba felicitando al compañero por su primera quincena en el Servicio. Sí cómo no, en seguida. Con permisito...

Dormía y escuchaba la voz de mi madre en colores. *Dormiste muy mal, mijito. Me pareció oírte llorar, y hace mucho que ya no hacías eso... Te tengo un tecito de maravillas, el Japi Espíris que anuncian en la tele... A ti te debo esta despensa, mijito... Ándele, báñese y alístese que hoy es día grande... Vas a desayunar fresquecito, ya te prendí el ventilador, y además con noticias en la tele...* Ya mejor ni le pregunté si hablé dormido. Tampoco me animé a decirle que preferiría no cobrar, que desearía seguir anónimo y sin voz que envejecer burócrata y con nómina. Le rompería lo poco que le queda de vida... es joven y no quiero pensarla vieja, pero todos los años de luto y soledad le han envejecido las ideas... Siempre andaba como sonámbula, como si le pesaran los recuerdos. Ahora siento que todo este tiempo sólo anduvo sopesando que Rolando me colocaría en un trabajo y ahora veo que tanta alegría por la despensa y tanto alboroto por los electrodomésticos son como si distrajera su cabeza por haberme negado la Universidad... Como si me hubiera vendido a los gitanos... Como si regalara a la Oportunidad Democrática... otro sacrificio en el altar de la Patria, igualito que los Héroes Cadetes del Bosque...

¡Ajajái! ¿Qué se siente? Retacada la cartera y forrado el saco, hasta monedas pa propinas. ¿Te preguntó algo la Bruja? Por poquito y nos cacha... Se me hace que ya le gustaste también a la Rebolledo. Linguili-linguili, ligador. Pero ni se te ocurra, ésa sí que te devora: una de ésas te hace casarte con ella a güevo y te vuelve un esclavo que no te la acabas... ¿Sigues con eso? Pues entonces háblale a tu mamacita, aistá el teléfono... ¡pues órale güey!... Háblale y calma tu neurona... ¿Y no hay quién le pase recados? Pues habla a la tiendita de la esquina, pero eso sí, a la próxima quincena cómprale un teléfono... Revilla de segurito te tramita el oficio de volada...

¿Ya tranquilazo? Sale, ahora vamos a Los Espejos y nos echamos por lo menos cuatro brindis... No te apures, si no se trata de empedarse. Pide limonada o lo que sea, de todos modos, el delirio que te espera con la Coquis no te lo vas a acabar... (Para mí, una piedra doble y pal advenedizo una limonada... No se burle que nos vamos) Es que ganan más si te empedan y les duele servir limonadas... Ni le hagas caso, que te tengo que contar el plan...¿Te gusta la música? ¿De qué época? ¡Sácale, me saliste más locochón de lo que pensaba! Bueno, ya habrá tiempo para esos ritmos rocanroleros... ¡Salud! Por tu nueva vida... Te lo pregunto por que los jueves de quincena hay un código de todo el medio burocrático: es día de China libre, barra libre, todo libre... ¡Delirio total, fuera máscaras... la vida misma!... Perdón, (¿nos trae otra ronda?) a lo

que iba: hasta que triunfó la O.D. los funcionarios y servidores estábamos condenados a andar como sonámbulos, como zombies de la chamba a la casa y de la casa a la chamba. Pero llegaron los nuevos tiempos (¡Salud!) con jauja y de unos años pacá se ha popularizado el delirio, ¡la verdadera vibra, pa que me entiendas, tú tan rocanrolero! Desde luego hay mamones que siguen de zombies, pero cada quincena aumenta el número de iluminados que le entran al delirio que estás a punto de descubrir... Ai te va: cada jueves de quincena se convierte en un baile de máscaras... como un sueño... como película de cine, pero a la carta, mi hermano... (¡Otro salud!, porque deveras me emociono)... Es como una telenovela que escribimos todos los profesionistas profesionales, todos los pedestres pedernales de esta méndiga Cuidad... todo una red de changarros, tugurios, antros, bares, discotecas, cafés, restaurantes, cines, museos y hasta iglesias metidas en esta onda... No, no te me espantes, no estoy pedo ni drogado... En cuanto me acabe este trago, nos vamos al Bodegón de Prendas (es como un Almacenes Azteca pero de ropa y sólo entran los que trabajamos en el gobierno de la O.D.)... No güey, si no vamos a comprar nada. Todo se alquila (ya pasado mañana te reembolsan lo que dejes en prenda por las prendas, valga la redondancia)... Vas a ver, el Bodegón está lleno de ropa, enseres y detallitos pa disfrazarse... No, no es broma, güey. Pélame y escucha: se trata de disfrazar el delirio, cualquier antojo que traiga cada quien... Claro que puedes ir solo, pero lo mejor es juntar un grupito, definir el divague común entre todos y a divertirse... ¡Por algo triunfó la Oportunidad Democrática en este pinche país!... (Otras aquí, igual)... Sí, orita nos vamos... Así empieza tu Noche de ronda. Si quieres, a la próxima quincena nos la aventamos rocanrolera, pero para hoy ya está preparada la onda Rondas Náit... Además, a las nenorras les latió más así y ni modo de cambiarles la jugada... ¿Ya te intrigué, verdá?... ¿Cuáles instrucciones? Aquí no hay reglas. Todos nos vestimos a la Agustín Lara, en el Bodegón hay de todo: esmóquines, trajes de pachuco, sombreros a la Jómfri Bógar, cigarreras de plata... ¡hasta coches, güey!... La Coquis y la Lupita se van a vestir de rumberas (¡Salud!, y las del estribo... sí, ya tómate un fuerte, ni que te me fueras a mariar)... La onda es que ya andamos tantos metidos en este vals que no es clandestino ni secreto... ¿La ley? ¿Cuál? Si los que andan vestidos de policía también bailan en la misma frecuencia, compañero. ¡Todos disfrazados para Rondas Náit!... Del Bodegón de Prendas nos vamos —¿te gustaría en un Packard 46?— derechito al Antifaz Rojo... Nhombre, ya verás qué club... un tugurio de lujo: palmeras de neón, pista circular, mesitas con lamparitas, meseros de filipina blanca y ¡qué orquestones!... Dansin an dansin hasta las dos de la mañana, bróder... y de allí, al Piano Bar, apoyado sobre la cola del pianazo pa cantar puras de Agustín Lara, con el mismísimo Flaco de Oro pa que se nos ablanden la Lupita y la Coquis... Nhombre, güey, no es el Agustín Lara de adeveras. Se me hace que te estás empedando... Es idéntico y canta igualito, pero no es el mismo... Dos horas de bohemia pura y luego, (Otra piedra doble, plís)... Perdón, ¿en qué me quedé?... ¿Ah, verdá? ¿Ya te dejé picado?... Luego del pianito, nos montamos de nuevo en el Packard, ya muy juntitos los cuatro, tomamos la carretera a Las Esfinges y derechito al Hotel Encanto, que tiene la misma ambientación para tu Noche de ronda... ¡Órale! Vámonos ya, nomás me acabo este traguito... págale al señor... Ahora te tocaba pagar a ti... Vas a ver qué reventón, te va a encantar... Claro, luego la armamos rocanrolera, con todo y Elvis, güey...

No es un sacrificio. Mi madre luchó muchos años para sacarme adelante, la mera verdad, y lo menos que puedo hacer es recompensarle todo su esfuerzo. Se merece todos los electrodomésticos que se le antojen. No pierdo nada, y al contrario, gano mucho... tengo un puesto en el Departamento de Devoluciones Fiscales, nada menos... Aunque Bernardo Benavides y hasta la propia Señorita Rebolledo y hasta los quince nombres que hacen el bulto sean acomodaticios inmóviles, estoy seguro de que hay progreso para mí en la Secretaría... Aistá Rolando: si está tan arriba es porque empezó desde abajo y quién me dice que el tal Ramiritos, que ocupaba antes mi lugar, no esté ahora cobrando en un puesto más importante... más billetes crujientes... mejores bonos... más ocio. Además, viajar en Metro me divierte y ando de punta a punta como un auténtico viajero... En la Universidad hay puro sonámbulo... a mí me cuadra más deambular despierto… ¿Hablaría dormido con todas las arañas que traía en la cabeza?… Pobre de mi madre…

¿Cómo lo sientes? Te queda al puro pelo. Ni mandado hacer encuentras un esmóquin así… ¿Cómo me ves? Idéntico a Pol Jáinrid, el de Casablanca*, güey… Ya verás cómo se van a ver las nenorras y ya verás qué antrazo el Antifaz Rojo… ¿Te gusta en negro el Packard? Pues, órale maestro, manos al volante… No importa, yo manejo. Pero pa la próxima tienes que aprender a manejar, amiguito… ¿Cómo la ves desde ai? Hasta parece película, ¿no?… Nhombre, no seas pendejo, ¿cómo van a cambiar toda la ciudad para una sola noche? Es la misma, nomás que no es igual… Veélo como escenografita… ¡Todos de Noche de ronda! Préndele al radio, a ver que nos toca oír… ¡Déjale, es nada menos que Dámaso Pérez Prado, señores y señoras, y no chingaderas!… Ésas sí son canciones, compañero… Relájate, buey… escucha esta vibra y déjate llevar…*

¿Son sueños? ¿Me drogaría Benavides? ¿Soy sueño? Siento que viví todo el delirio tal cual lo organizó Benavides… ¿Quién organiza qué?… Las calles de esta misma cuidad convertidas en otras, parecidas, casi idénticas… coches descontinuados circulando como si ayer los hubieran verificado por la contaminación actual… cientos de gentes disfrazadas, con la misma moda de burócratas en “noche de ronda”… En un semáforo, Benavides compró con billetes antiguos y devaluados un cacho de lotería ya caducado por décadas… en ningún lado había cigarros con filtro (*se acaban joven, se acaban)*… la radio mandando saludos de mentiras, informando de guerras que ya sabemos quien las ganó y tocando boleros olvidados… ¡Qué inmensa farsa burocrática!… La Coquis besándome como si me conociera de años… y yo bailando ritmos que sólo conocía por la televisión… Desde que entramos al Antifaz sentí que nos seguía una mirada… Toda la noche lo vi viéndome varias veces… Pensé que vendería droga o que sería uno de los productores de esta película de cine que ni acabo de entender… Hasta creí que era amigo de Rolando y que quería revelarme la broma de este carnaval de burócratas alcoholizados... En el Piano Bar se me volvió a quedar mirando, pero ya estaba asombrado con el pianista... ¡idéntico a las fotos y la misma voz que las películas de Agustín de adeveras!... El de los ojos me seguía mirando... aproveché que Benavides cantaba abrazando a las dos secres borrachas para escaparme al baño... allí me abordaron los ojos...

Haga lo que tenga que hacer, como si no estuviera yo aquí... Si nos sorprenden es peor. Usted es el hijo de Ornelas y acaba de ingresar al Departamento de Devoluciones Fiscales. ¿Qué de dónde lo conozco? Me llamo Rodolfo Ramírez... Ramiritos... usted heredó mi escritorio... No me interrumpa, apenas tenemos tiempo... Conocí bien a su padre, llegamos a ser buenos amigos... hasta que Rolando Revilla lo mandó desaparecer... lo hizo con muchos... lo intentó hacer conmigo, hace ya años... ¡Cálmese! Apenas tenemos tiempo... Revilla dejó papeles, oficios sellados... se descuidó... dejó pruebas de las desapariciones... de la deliberada ocultación que le endilgó a tu padre... ¿Qué por qué lo desapareció? Para quedarse con su puesto y, tal como lo trabajó desde hace años, con su madre y con usted... Pero se descuidó... hace tres meses llegó el expediente a mi escritorio... el mismo que ahora ocupa usted... O se equivocó Revilla o algún archivista olvidó quemar esos papeles... Usted comprenderá, para mí fue como encontrar un tesoro... la explicación palpable a toda la irracionalidad que venía yo viviendo desde que ingresé al Departamento... Por unos días, fui dueño de una secreta verdad inobjetable, pero alguien me descubrió y delató... Revilla me mandó desaparecer... ¿Qué por qué no me mató? Si estamos todos muertos, muchacho... En mi época, me durmieron con el café... A ti te tocó ir a cenar con Benavides... "Menú de advenedizo"... no hay escape... ¿No notaste rara a tu madre desde el primer día de tus labores?... Seguramente te hicieron efecto rápido las aguas de jamaica o las limonadas... A ella, de seguro le endilgaron el veneno en las despensas (en la leche, la mantequilla o las infusiones para toda queja) y luego la marearon como compensación con el placebo de los electrodomésticos... Así es con todos... Lo único que nos queda es la huida... No preguntes... Es lo menos que puedo hacer por ti... Se lo debo a tu padre... Te espero a las siete de la mañana en la Estación de Los Llanos... Lo podemos lograr... Ya lo arreglé...

Salí del baño como si entrara a un sueño. Algo le transmití a Benavides en cuanto volví a la mesa porque se puso nervioso y le entraron las prisas por irnos al Hotel Encanto... La Coquis ha de comprender que yo nunca había estado así con mujeres. Por algo prefirió quedarse dormida ante mi falta de interés... Dormida, aunque yo la veía como muerta... Desinterés, cuando en realidad lo que sentía era asco y pavor.

El asco que siento por Rolando. Asesino disfrazado de padrastro. Burócrata que me reclutó para tapiar uno más de sus crímenes. Asco de Benavides que ahora me entero que me fue matando lentamente con sus cenitas y sus orientaciones turísticas. Asco y náusea de reconocerme parte de esta ciudad de muertos, noche de almas deambulantes que se disfrazan con cualquier dimensión de sus antojos. Asco de este delirio que me hizo salir corriendo del Hotel Encanto.

Si supiera manejar, me habría robado el Packard. ¿Robárselo a quién? Por lo menos, tiré a la alberca las llaves de ese coche fantasma y salí corriendo del hotelito de la muerte para que ni me siguiera Benavides. ¿Será mi padre el que permitió que se detuviera un camión que venía de Las Esfinges?... Un camión redondete, de estos que circulaban hace años... que sólo se ven en el cine... o en el juego macabro del que creo huir.

Pavor más que miedo al volver de madrugada a esta oficina y llenar estas hojas que no sé si existen o si las quemará un archivista o las leerá otro muerto. La madrugada me trajo aquí, quizá para no ver a mi madre dormida y muerta en brazos del difunto asesino Rolando Revilla. Dan pavor estos pasillos abandonados, esta ventana al desierto desde este Ministerio Inexistente... Pavor en cada papel... hoja por hoja —con sellos, con lemas, con rúbrica— que me confirman lo que me confió Ramiritos... Paso a paso, la crónica de mi propia amnesia... la desaparición de mi padre... la liquidación del propio Ramiritos... la muerte de Benavides en 1946... la muerte de mi madre el día que entré a trabajar... mi propia muerte.

No sé si sueño que muero o vivo ya muerto en este silencio de asco y de pavor… En la Catedral Basílica han sonado ya las campanas del rosario… A este Ministerio de Muertos empezarán a llegar los fantasmas que fingen hacer la limpieza, los burócratas deambulantes y puntuales… Ramiritos ha de estar esperándome en la Estación de Los Llanos… ¿Para montarnos en un tren adónde? ¿Un avión a qué época?… Siento terror de náusea… Siento que me vence el sueño… Cada mueble de esta oficina huele a perfume de la Rebolledo… El mismo perfume que usará ahora mi madre… Suena el teléfono de mi escritorio… La claridad de la ventana empieza a delinear la desahuciada silueta de esta cuidad inexistente.

Sueños trenzados

> ...que toda la vida es sueño,
> y los sueños, sueños son.
> PEDRO CALDERÓN DE LA BARCA

A veces se me enredan los sueños. Paso dormido de una escena feliz a otra donde siento todos los tormentos del miedo sin poder despertarme. Se me enredan también los días porque tengo sueños que dejo sin terminar y de pronto reaparecen sin aviso en cualquier momento de la jornada. Cuando he dormido en Madrid, me sueño en México y en sueños he conocido Oslo y Québec, durante el transcurso de una misma noche. Cuando sueño en inglés revivo sensaciones de mi infancia, porque toda mi niñez se quedó en la noche de un bosque en Virginia y cuando sueño los peores infiernos, creo soñar palabras en alemán y paisajes que parecen escenarios para trenes de miniatura. A veces, se me enredan los sueños al grado de no poder soñar escenas o rostros inmediatos y paso meses enteros soñando muertos que jamás conocí y discusiones que jamás he sostenido.

Mi abuela Lourdes decía que los sueños se enredan porque son como las trenzas, con tres madejas de pelo o historias que se van entrelazando. Me gusta que se me enreden los sueños porque no siento necesidad de buscarles una explicación. Sueño profundo por un cansancio de muchas horas y despierto renovado apenas transcurridos unos minutos desde que dormí. Pienso sueños y los recuerdo, imagino que sueño y se me olvidan los mejores que he tenido en mi vida. No me preocupa saber lo que pienso dormido, porque sé que mis sueños aligeran cualquier cosa que haga despierto.

Hay sueños que se enredan para poner a prueba nuestra incredulidad y otros que nos confunden con escenarios imposibles. Hay sueños trenzados que sirven para recuperar objetos perdidos y pesadillas que en el fondo llegan para divertir a la noche. Hay ideas inconclusas, confusiones persistentes y caras desconocidas que solamente se resuelven durante el trayecto de los sueños. A veces mis sueños se enredan al revés y me despierto súbitamente con la alarma del reloj, creyendo que ya me había despertado antes, que ya estaba vestido y encaminado a las actividades de todos los días hasta que, en el momento menos esperado ante el aviso más trivial y fidedigno del sueño, me despierto súbitamente con la alarma del reloj.

Pero hay sueños que parecen cuentos que existen con el único propósito de ser contados… como adivinanzas que no tienen solución… como el acertijo que formulara un poeta donde un hombre sueña que cruza el Paraíso y que, como una prueba de su visita, le regalan una flor. El hombre despierta de su sueño y encuentra esa flor sobre su almohada.

Una noche víspera de mi cumpleaños, discutí con uno de mis hermanos sobre quién era el autor de esa historia, ¿Borges o Coleridge? Ambos jugábamos conocer el párrafo en la memoria, pero ninguno de los dos podía probar su verdad a falta de tener el libro a la mano. Nos fuimos a dormir cruzando una apuesta que debería cobrarse al día siguiente en la biblioteca del Instituto, donde ambos jurábamos saber el lugar exacto del semiolvidado ejemplar que contenía la cita.

Esa misma noche soñé que leía textualmente el párrafo mencionado, acariciando las páginas dormido y leyendo con los ojos cerrados la confirmación de que mi hermano estaba equivocado. Me hubiera encantado haber podido enredar a mi hermano en el sueño y mostrarle en persona el libro, escrito y firmado exactamente como se lo había argumentado antes de que nos fuéramos a dormir. A la mañana siguiente, ya día de mi cumpleaños, mi padre me regaló el idéntico ejemplar que yo había soñado en la noche y pude, en el transcurso del desayuno, demostrarle a mi hermano que la historia es de Samuel Taylor Coleridge, que aparece citado por Jorge Luis Borges, que los enredos de mis sueños no necesitan explicación —aun cuando arrojan evidentes beneficios— y que hay desenredos de la memoria que fomentan la amnesia o se pagan como apuestas de honor.

Mi abuela Lourdes asociaba los enredos de los sueños con la forma de una trenza porque toda su vida llevó enlazado el pelo. Era como si la biografía de lo que soñara y las ilusiones de lo que vivió se hubieran hilvanado en su pelo al paso de su vida. La recuerdo bella ante su espejo, tejiendo las tres madejas de pelo canoso hasta que formaran el tejido perfecto que le brotaba de la cabeza. Todas las mañanas, más que una repetición intrascendente, la veía trenzarse el cabello como un verdadero acto religioso que volvía único e irrepetible cualquier amanecer, como una oración que confirmaba que era la misma desde niña, que era la misma trenza que se venía entrelazando desde hacía más de ochenta años.

Sucede que mi abuela Lourdes nació en 1902, tercera hija, con dos hermanos por delante, de Jesusa Gallardo y el capitán Manuel Anaya Torres, avecindados en León, Guanajuato desde finales del siglo XIX. Cuando mi abuela Lourdes cumplió dos años, murió mi capitán bisabuelo, dejando a Jesusa Gallardo con dos niños, Manuel y Carlos, que ya se correteaban vestidos de capitancitos con cintas de luto y con la niña Lourdes a la que ya empezaban a peinar con trenzas, pero amarradas con lazos de colores.

Según mi abuela Lourdes, desde esa edad y por muchas razones, mi bisabuela Jesusa la mandaba a dormir a casa de sus primas Lola y María Elena, desbordadamente cariñosas y con suficientes muñecas y alegrías para que la niña Lourdes no pensara ni en la ausencia del capitán Anaya ni en los juegos bruscos de sus hermanos mayores. Porque las cosas se arreglaban antes como si fueran parte de un sueño, mi bisabuela Jesusa no tuvo enredos con Laura Torres (hermana del capitán difunto) y el licenciado Pedro Félix Hernández, padres de las primitas, para acomodar así las noches de la niña Lourdes. Porque antiguamente las pesadillas se evitaban como en los cuentos, Jesusa Gallardo acordó con los padres de las primitas que, a cambio de que la niña Lourdes durmiera con sus hijas, ellos le mandarían a Pedrito su único hijo varón a formar filas entre los almohadazos, cuentos de terror y noches sonámbulas de mis tíos Manuel y Carlos, capitancitos y huérfanos.

Parece un sueño o la trama de un cuento, pero me consta que las cosas se arreglaron así: dos hermanas que duermen con su prima y un niño que lo mandan a dormir con sus primos. Eran familias que habitaban el mismo espejo, aunque el reflejo invirtiese los nombres y las estructuras. Eran tiempos en que se conjugaba mucho la palabra prójimo; épocas en las que una tertulia soportaba todo el peso de cualquier amistad y años enteros con sus días y sus noches que sustentaban la arquitectura misteriosa de los miedos y de las creencias.

Mi abuela se peinaba la trenza y con cada trazo definía rarezas; me hablaba de ánimas en pena y de su *segundo padre,* de calles sin automóviles congestionadas por caballos de paseo y de su *madrina Laura.* En su memoria se iba peinando con palabras que hablaban de ángeles del cielo que visitaban a los enfermos y de sus *hermanos aunque no hijos de mi mamá.* La recuerdo recreando en su plática batallas a cañonazos a las afueras de León, la costumbre de escuchar música en vivo en el piano del salón, las horas que tardaba el tren de Silao a Guanajuato y las tardes enteras haciendo mermeladas y membrillates.

La niña Lourdes llegó casi a los ocho años de edad durmiendo con sus primas hasta que una noche profundamente dormida, percibió que un soplo rozaba los barandales callados de su cama de latón. Mi abuela Lourdes me contó que, aún dormida, sintió una mano helada que le jaló abruptamente de la trenza. El grito que soltó tuvo eco inmediato en las otras dos niñas dormidas, despertando en coro a la casa entera. En camisón y camisa de dormir llegaron espantados el licenciado Pedro Félix y Laura Torres Anaya... entre que se tardaron en prender las velas y encender los quinqués... entre que las niñas seguían llorando y mi abuela Lourdes no paraba de gritar... sonaron las campanadas de la Catedral de León, llamando al rosario de las cinco y media de esa mañana oscura.

La niña Lourdes acusaba entre sollozos a su prima Lola, porque era la que dormía más cerca de su cama. *María Elena mi hermana,* ya no lloraba tanto cuando juraba ante sus padres que las tres se habían dormido profundo, y como siempre. La hermana Lola lloraba desconsolada, intentando explicarles que era imposible que pudiera haberlo hecho dormida y, además, *una maldad de ese tamaño.* El caso es que el licenciado Pedro Félix decretó aprovechar las campanadas de Catedral y puso a las niñas a rezar un rosario, más que de penitencia, de adormilada distracción ante el amanecer que ya se anunciaba por la ventana.

Dos horas después del grito de la niña Lourdes, al llegar mi bisabuela Jesusa Gallardo para el desayuno de ambas familias, se encontró todavía con sollozos y una enredada versión a cinco voces que no daban a entender nada de lo ocurrido. Entonces, según recordaba mi abuela Lourdes, Jesusa Gallardo exigió el silencio de todos y dijo que ella ya suponía lo que había pasado. Entre los platos y jarras que soltaban su neblina sobre la mesa, mi bisabuela Jesusa narró con absoluta calma que esa misma noche había soñado nítida y perfectamente la presencia de su difunto capitán Manuel Anaya Torres. Sin una pizca de nervios, contó que lo había soñado sentado a su lado en una banca del parque, feliz e intacto, aunque con la inevitable melancolía de confirmar que sus capitancitos ya se hacían hombres sin tenerlo a él con vida y a su lado. Luego, dijo mi bisabuela que miró en los ojos del capitán Anaya una mirada indescriptible cuando apareció en el sueño la niña Lourdes, con su trenza perfecta.

Ante las caras mudas de todos los que rodeaban la mesa, Jesusa Gallardo siguió contando que dentro del sueño el capitán Anaya le había dicho que ya habían pasado muchos años desde que había abandonado en esta vida a la niña Lourdes y, queriendo hacerle una caricia, resultó dándole un fuerte jalón de trenza que, en el instante en que lo recordó mi bisabuela Jesusa, dejó heladas de terror las miradas de tres niñas, tres niños, una Laura, un licenciado y tres sirvientas que se habían asomado al chisme desde la puerta de la cocina.

Pero además, la cosa llegó a la taquicardia general cuando Jesusa Gallardo acarició la ya enredada trenza de mi abuela Lourdes y le confió que si los sueños se les habían trenzado, no era más que una señal de que *papá Manuel* las quería como si anduviera despierto y que de la emoción se sintió en el sueño, se despertó y aprovechó la duermevela de la oscuridad para ponerse a rezarle en voz alta, justo al momento al que sonaban las campanas de Catedral, llamando al rosario de las cinco y media de la misma mañana.

Como una cita que conozco exactamente en qué libro la puedo reencontrar, recuerdo a mi abuela Lourdes con la trenza en la que se le enredaron los sueños. Claro que me consta: a menudo la sueño… peinándose ante un espejo.

Un farol en la noche

Éramos los dueños del mundo y no nos cambiábamos por nadie. *Todos para uno y uno para todos*, para cada uno de los cinco amigos que moldeábamos todos los días de aquella época con la despreocupada certeza de que nada amenazaba el imperio que manteníamos sobre nuestras vidas. Cinco novilleros, al filo de los diecisiete años, con suficientes leguas andadas como para suscitar esperanzas entre los taurinos de verdad, los aficionados de cepa, esos que tenían cara de volverse apoderados o mecenas de nuestras ilusiones. Cinco toreros, con apenas seis novilladas toreadas, que asegurábamos el futuro con promesas, pero también con mucho sudor que transpirábamos toreando de salón en los Viveros de Coyoacán, el mismo que se mezclaba con la adrenalina del pavor en las noches de luna llena cuando toreábamos sementales en ganaderías de prestigio.

Las canas parecen convencerme de que éramos vagos e, incluso, delincuentes. El paso de los años ha trastocado la pureza de los atrevimientos de antaño: lo que parecía heroico se ha convertido en locura y las travesuras inocentes se filtran ahora en la saliva con el sabor de lo irracional. Fuimos los que por encima de las calificaciones escolares llevábamos el título de toreros y eso valía más que los diplomas. Por eso llegábamos tarde a la escuela, sudados de tantas faenas extenuantes con las que iniciábamos cada día desde las cinco de la mañana. Mucho antes de que amaneciera, al tiempo que nuestros compañeritos seguían dormidos, nosotros cumplíamos el calisténico ritual de fomentar nuestros músculos y apuntalar la agilidad personal en cada uno de nuestros movimientos. A la hora en que los demás recibían de sus madres el consentido ritual de sus desayunos, nosotros descifrábamos las mañanas con la lidia imaginaria de toros bravos. Había que aprender a *echar el toro*, saber embestir como animal bravo porque allí se veía quién se había parado delante de un toro de veras o fingía haberse pasado uno por la barriga. Teníamos que arrastrar los pies, arqueando la espalda y llevando los brazos extendidos como si fueran cuernos, exagerando lentamente los giros como si las piernas llevasen atrás otro par de patas, y había que torear exagerando la lentitud de cada movimiento para adquirir eso que llaman el temple para marcar cada tiempo de un lance y cada etapa de un muletazo como si fuera la memorización de una sensibilidad innata.

Fuimos cinco maletillas que en once ocasiones violamos las leyes de la propiedad privada, saltando a la medianoche las bardas de piedra y las alambradas de púas, para armar un ruedo hipotético en medio del potrero donde se veían flotar las sombras más negras del reino animal. Sólo en dos ocasiones fuimos sorprendidos por los caporales y solamente una vez nos alcanzó un charro enfurecido que tuvo a bien rematar los puñetazos con el peso de su sombrero. Nos agarró literalmente a sombrerazos, pero lo que más dolía era la rabia con la que nos gritaba. Nos decía que habíamos echado a perder un torazo que ya había sido seleccionado para ser lidiado en la Plaza México, apartado nada menos que para un cartel de figuras. Al día siguiente, aún sin reponernos de la golpiza, nos valía madre la culpa y nos arrepentíamos de no haber matado a estoque al toro de marras o al caporal enloquecido, porque nos sentíamos superiores a cualquier ley y mejores que ninguno. Hacíamos *la Luna* porque éramos dueños de la noche y nada ni nadie podía quitarnos la ilusionada certeza de que acariciábamos la gloria, a pesar de que pasábamos fríos en camiones de redilas cuando lográbamos viaje, cobijados con el pesado percal de nuestros capotes y el vaho compartido de nuestras respiraciones. Ahora calculo la cantidad de kilómetros que recorrimos a la vera de los caminos y no me sorprende saber que ya no se ven maletillas por las carreteras, pero en aquella época éramos parte del paisaje: cinco flacos de mezclilla, con sus respectivos líos colgados a la espalda, atados por los estaquilladores con los que armábamos las muletas. Cinco siluetas sin prisas, calzados con botos camperos idénticos o tenis blancos gemelos hasta en las manchas de lodo y sangre. Cinco fantasmas armados con espadas dizque toledanas con las que íbamos marcando los acotamientos de las carreteras como huellas de víboras desconocidas. Cinco caballeros andantes con las ilusiones perdidas entre las nubes que rayaban el horizonte.

Bastaba que uno de los cinco se enterase de que se llevaría a cabo una tienta en cualquier ganadería para que los otros cuatro asumiéramos de inmediato todas las exigencias de una emergencia: la ronda de los pretextos ante las respectivas familias, la retahíla de mentiras en la escuela, la coperacha para los gastos y el sorteo obligatorio para definir quién de los cinco torearía primero. Llegábamos a la ganadería en turno y los señores nos mandaban a sentarnos en las bardas encaladas de los tentaderos como decoraciones de escenografía. Los cinco temblando inquietos no de miedo, sino de ansias por recibir la venia de poder *dar las tres* a esas vacas cansadas de tanto trapazo que les daban las figuras, los toreros que ya cobraban en plazas de prestigio. En el mejor de los casos, nos dejaban probar si de veras queríamos ser toreros en alguna tienta de machos, cuando hay que llevarlos al caballo y sobrellevar su estancia en el ruedo sin el auxilio de capotes, si acaso con el engaño de una rama o cualquier palo, armando mancuernas en las que nos hacíamos mutuamente el quite a cuerpo limpio.

Pero la mayoría de aquellos días de gloria transcurrían en los Viveros de Coyoacán, de cinco a siete de la mañana, vestidos con gastadas camisetas y desgastados *pants*, que por españolizados llamábamos *chándals*, ceñidos a nuestros cuerpos como auténticos trajes de luces. Ahora parece increíble que me sintiera dueño de un porte majestuoso enfundado en aquella holgada sudadera de color azul marino que no he podido olvidar hasta la fecha. Recuerdo cada pliegue de mi capote y el olor exacto que tenía mi muleta en cuanto la armaba con el estoque simulado. Me acuerdo sin mancha del olor de mi sudor, sobre todo en las mañanas después de haber asistido a alguna fiesta, cuando las hormonas impusieron la necesidad de usar lociones y aún antes de que afeitarse fuera una obligación. Casi nunca llegué a entrenar a los Viveros impregnado con el perfume de alguna de las muchas niñas que creí ligar con la impostura de que yo iba directamente a convertirme en figura del toreo. Tampoco puedo olvidar el hedor trasnochado cuando el azar dictó todas las mentiras engañosas del alcohol. Pensar que cualquier resaca etílica se esfumaba con el mínimo esfuerzo: tres horas de sueño, dos horas de sudor y una Coca-cola. Reconocer que fui conciente del progresivo daño con el que me corneaba a mí mismo en cada borrachera. Aceptar que fue precisamente el alcohol fundido en mi sudor lo que impidió que alcanzara el sitio que supuestamente me había garantizado el destino.

Pensar, reconocer, aceptar... porque mi conciencia se ha convertido en un farol en la noche. Al recordar ahora lo que fue la primavera de mi vida veo que la realidad de todos los días se ha convertido en un callejón apenas iluminado por mi conciencia. Su luz alcanza a alumbrar algunos recuerdos aislados, pero me siento rodeado por sombras que no alcanzo a distinguir y vuelvo a sentir el mismo tipo de miedo que se filtraba en mi piel cuando la revestía con seda, oros y luces. Era el puro miedo a lo incierto y a los vuelcos que da el azar, nunca miedo a lo palpable ni a lo obvio. Que los demás toreros les tuvieran miedo a los toros me parecía una obviedad que no merecía el mínimo respeto. ¡Claro que infunden miedo los toros! Pero más miedo me daba el ridículo, el *paripé* impredecible, el petardo insospechado, los gritos de la gente y sus ojos desorbitados. Miedo puro, y el único pavor: la muerte. La misma que ronda ahora mi ánimo al intentar poner en palabras la emoción insustituible, la adrenalina inmaculada por el tiempo, que sentía en cada poro de mi cuerpo cuando me sabía dueño del mundo, acompañado en cada paso por cuatro compañeros inseparables. *Todos para uno y uno para todos*. Millonarios sin *parné*, toreros de época pero anónimos, andaluces agitanados sin conocer España y hombres de pies a cabeza que nos jugábamos la vida en serio, aún sin habernos quitado las lagañas de nuestra adolescencia.

Me llamaban Gargantilla, porque así apodaban a mi padre cuando era imitador de voces en la radio y porque nadie me ganaba en el atrevido reto de beber todo tipo de alcoholes directamente de la botella y de un solo trago. Creo haber usado más de diez nombres en diferentes carteles, por el ánimo cambiante que le imprimía a mi tauromaquia o por la necesidad de ocultar ante mi familia el verdadero paradero de mis escapadas. Nos daba por inventar que nos íbamos todos juntos de ejercicios espirituales a conventos inexistentes y entonces teníamos que anunciarnos con nombres y apodos inventados apenas la víspera de las corridas para que ningún conocido le informara a nuestras familias. Recuerdo una noche en Ojuelos, Jalisco, en que los cinco llegamos al pueblo sin haber definido quién sería el Estatuario y cuál de los otros cuatro partiría plaza con el nombre de Julián Soriano, porque no siempre podíamos torear los cinco y nos vimos forzados en más de una ocasión a tener que rifar entre nosotros la identidad, como si la verdad fuera transferible y convencidos de que cada uno de nosotros podía ser cualquiera de los otros. Nos sentíamos idénticos y, sin embargo, tengo para mí que por debajo de la camaradería llevábamos un irrefrenable deseo de sobresalir por encima de los demás, condenar a los otros a convertirse en banderilleros de mi propia cuadrilla. Confirmo que la amistad inquebrantable en realidad se rompía dentro del ruedo, desde el momento mismo en que partíamos plaza, y que esa camaradería —incluso la hermandad que compartíamos— se limitaba al consejo lanzado desde el burladero al observar cualquier duda delante de la cara del toro, las enhorabuenas o ánimos de consolación que nos decíamos en el callejón luego de los triunfos o fracasos y al ejercicio de algún quite que salvara al otro de un posible percance.

Pero había otro tipo de quites. Eso que se llamaba antes "tercio de quites" cobraba una dimensión inconmensurable en cuanto los cinco hacíamos coincidir sobre el ruedo nuestras ganas de querer superar a los demás. Los aficionados de hoy desconocen que solamente se puede comparar el valor, arte y recursos de un torero con otro cuando éstos se miden ante un mismo toro. Así como ya no se ven maletillas haciendo *la Luna*, así tampoco se dan los tercios de varas en que los tres toreros ejecutan la competencia de sus respectivos quites. Una coreografía sin música que, en las pocas novilladas en las que alterné con mis cuatro hermanos de luces, se volvía un espectáculo digno de cualquier teatro. Mi vejez a media luz se ilumina ahora con el recuerdo preciso de una tarde soleada en San Luis Potosí en que realizamos entre los cinco, doce quites diferentes ante un toro y no novillo, que conforme recibía los puyazos realmente se crecía al castigo con la misma pasión desproporcionada con la que nos arrebatábamos el turno de enfrentarlo. Chicuelinas, navarras, orticinas, un quite por tijerillas, dos versiones diferentes de la Mariposa (yo con el capote a los hombros y Mancera con la capa a la altura de los codos), el quite de oro que ejecutó Macedo como si fuera la reencarnación de Pepe Ortiz en persona, tafalleras, saltilleras y cinco maneras distintas para definir la rebolera. Ni la vejez podrá quitarme el orgullo de que aquella tarde logré imponerme a los demás por obra y gracia de un remate que dejó hipnotizado al torazo aquel, al mismo tiempo que dejó helados a mis compañeros y a más de uno de los banderilleros que nos auxiliaron esa tarde. ¿Me entienden si dejo asentado que hablo de una larga cordobesa?

No puedo dilatarme más en nombrar a cada uno de mis fantasmas, como si los sacara de las sombras. Nos llamábamos Mariano Mancera, Víctor Macedo *el Jerez*, Luis Ramos *el Abogado*, Rafael Icaza *el Pinturero* y Fabián Órnelas *Gargantilla*, aunque Mancera y mi *menda* toreamos cada uno dos novilladas en distintas ciudades compartiendo el nombre de *Julián Soriano*. No quería poner los nombres, porque en el fondo, me duele el recuerdo: fuimos inseparables y dueños del mundo, pero hace treinta años que nos dejamos de ver. Éramos hermanos y la vida nos separó. Cada quien tomó los rumbos más insospechados y ninguno, que yo sepa, tiene más relación con los toros que la asistencia ocasional a alguna corrida de esas que resultan inevitables. Ninguno tomó la alternativa y solamente Macedo y *el Pinturero* lograron torear en la Plaza México sin más gloria que la de haber salido vivos de sus respectivas actuaciones. Hace años supe que Mancera sí logró terminar una carrera universitaria y que ahora se anuncia como Ingeniero; que Macedo se fue a vivir a un balneario por razones de salud y terminó siendo el administrador del lugar; Luis Ramos cumplió su apodo y creo que es abogado en Moroleón, Guanajuato, y *el Pinturero* fue el único que logró cumplir el sueño de vivir en España. Dicen que se dedicó al cante jondo en un sótano agitanado del viejo Madrid.

Me falta definir, como si esto fuera un testamento, que Víctor Macedo era un torero de pura escuela sevillana, alegre hasta en la forma en que se proponía banderillear a la carretilla de todas las mañanas. Tenía la fisonomía de una tauromaquia impregnada por el mismo duende con el que se debe interpretar la música flamenca y su cuerpo era una escultura que, sin embargo, aparentaba fragilidad, como si sus piernas inmóviles sostuvieran una osamenta cuyos brazos se quebraban al lancear. Era un torero sevillano, mas nunca lo vimos caer en la vulgaridad bullanguera de los diestros baratos que lidian siempre con prisas, brinquitos y engaños. Macedo era un artista, pero ataviado con el dominio casi matemático de la técnica.

Mariano Mancera, por el contrario, era un torero rondeño, clásico hasta en los colores de los ternos que alquilaba. Propenso a la seriedad, hierático a la hora de asimilar sus miedos, Mancera siempre toreó de acuerdo con los cánones establecidos, sin inventar recursos al vuelo aun en los momentos en que las embestidas de los animales inciertos exigieran alguna improvisación. Si lo tuviera que definir con una imagen, me quedo con las siete verónicas exactas y medidas con las que acostumbraba iniciar sus faenas de salón todas las mañanas, mismas que logró instrumentar con precisión ante un novillo cariavacado, berrendo, botinero y corniapretado que, no obstante, me es imposible recordar en qué plaza lo lidió. Mariano era un científico en el ruedo que, no por eso, excluía la epifanía ocasional de alcanzar los momentos sublimes del arte puro.

Luis Ramos era el mejor exponente de lo que llaman el toreo mexicano, heredero de la tauromaquia de toreros aztecas que bien podrían lidiar reses vestidos de charro en cualquier plaza del mundo. La forma en que abría el compás al alargar los muletazos, inclinando su cabeza como si quisiera recostarse sobre las hombreras del traje, producía un ensueño que alargaba los oles en un hipnotismo colectivo. De los cinco, Luis era el que más sabía de los toros como animales, pues los veía con ojos de caporal, como si toda su vida hubiese convivido con ellos en el campo. Apenas salían de la puerta de toriles, Luis ya tenía asimilados los tonos de sus embestidas, las querencias que había que desengañar, los terrenos más propicios para su lidia y el ritmo inexplicable de sus respiraciones.

Rafael Icaza podría haber sido pintor y hacer congruencia con su apodo porque todo lo que realizaba con capote y muleta parecía un óleo sobre tela, así fuera en la mañana fría de los Viveros de Coyoacán o en una tarde soleada en la plaza de Querétaro. Su recuerdo se dibuja en mi memoria como una sucesión de acuarelas con movimiento, aguafuertes en carne y hueso que vi con mis propios ojos. Quizá por eso, más que lances de cabo a rabo se me han quedado en la vista sus recortes, esos pellizcos donde soltaba una punta del capote con la forma caprichosa y señorial para dejar a los toros en la plaza, o a las vaquillas en los tentaderos, justos en suerte ante el picador. Del mismo sabor eran sus desdenes, pases de la firma y demás guiños con los que jugaban los vuelos de su muleta y que asentaban ante cualquiera que el toro había quedado atornillado sobre un palmo de terreno, luego de haberlo hecho pasar a milímetros de sus rodillas. La pura geometría del arte.

No está bien que lo escriba, y menos a esta altura envejecida de mi vida, pero lo mío era la grandeza. Creo haber ejercido una tauromaquia engreída y soberbia, exagerada en todas sus formas. En las diecisiete novilladas que toreé, con los treinta y dos animales que maté y en las incontables veces en que me enfrenté a vaquillas de tienta, sementales en la noche o en los quites que realicé a novillos de mis compañeros, reconozco haber obedecido al impulso de una dicotomía: la euforia desbordada o la desolación irremediable. Siempre me vestí de luces con el convencimiento de que salía por la puerta grande en hombros o sería llevado en hombros a la puerta de la enfermería.

Todo o nada, sin medias tintas, lo que explica por qué fui el único de los cinco que tuvo que sobrevivir al bochorno de que se me fueran tres toros vivos al corral. Fui el único que se enfrentó al doloroso relicario de cornadas que fueron mermando mis facultades y al ya confesado vicio de querer festejar cualquier oreja o fracaso con manantiales de aguardiente. Me sofoqué el alma con champaña lo mismo que con mezcal, y así como era capaz de glorificar un sólo muletazo bueno, así también me dejaba ensombrecer hasta la desolación con el sabor que me quedaba en la boca luego de no haber podido cuajar una faena decente. Quedará en mi abono que llegué a vivir tardes monumentales, arte grande, poesía en movimiento, grandeza incuestionable que aún justifican toda una vida y dan sentido al faro de mi más íntima satisfacción.

Eso es todo. Un farol en la noche. Como la vez en que un aficionado cuyo nombre ni recuerdo logró ilusionarnos con el loco proyecto de que los cinco mosqueteros hiciéramos empresa en Tampico, Tamaulipas. No habíamos cumplido aún los diecisiete años, ni contábamos con más matemáticas que las indispensables para ir pasándola en la escuela, y el imbécil aquel logró embelesarnos con la idea de que podíamos armar una novillada en Tampico nosotros mismos y, además, abrir una temporadita que ofreciera oportunidades para otros novilleros igualmente jodidos. El negocio precisó de una inversión inicial que, desde luego, fue cubierta por nuestras respectivas familias y una que otra artimaña: creo recordar que Mancera, Icaza y yo, terminamos poniendo el dinero íntegro de nuestras colegiaturas, incluidos los montos de reinscripción, y habiendo argumentado ante nuestros padres que "la escuela andaba en problemas financieros" y que el director había solicitado "el pago total de un año y el enganche del siguiente" para dizque "garantizar la continuidad de nuestra educación". Macedo y Ramos vendieron casi todos los aparatos eléctricos que lograron sustraer de sus hogares, y no dudo que de alguna que otra casa ajena.

Inocentes y pendejos, le entregamos al empresario el monto total de lo que recaudamos como inversión inicial y él dijo que se comprometía a comprar los animales, encargar las banderillas, apalabrar a las cuadrillas y negociar los permisos ante el H. Ayuntamiento de Tampico. Para sacarnos un poco más de dinero, recuerdo que se presentó en los Viveros de Coyoacán con los carteles ya impresos. La desmañanada ilusión de ver en tinta nuestros nombres, la fecha distante apenas por dos semanas y el renglón que rezaba "novillos-toros de ganadería por designar" nos nubló la vista. No nos importó comprometernos formalmente a reunir el *parné* que faltaba, ni tampoco que apareciera anunciado el Pinacate, un perfecto desconocido del que jamás habíamos oído ni chismes. Si acaso, Mancera quiso aclarar el porqué saldríamos seis novilleros en vez de los cinco que habíamos aceptado el negocio, a lo que el gángster respondió con el recurso de que "es que ya conseguí seis toros y ni modo que el sexto lo toreen entre los cinco".

Cada quien alquiló el mejor terno posible, según las posibilidades con las que cada uno había logrado obtener más dinero del que ya habíamos entregado a ciegas. Yo debo la elegancia de un vestido obispo y oro, casi nuevo y bien lavado, a la generosa consideración que me hizo don Pepe Bañuelos, arcángel que se dedicaba al alquiler de ropa y avíos para torear en la cochera de su casa, allá por las calles de Chimalpopoca, en el Centro de la Ciudad de México. Ahí también alquilaron sus ternos Macedo, Mancera y Ramos, pero me consta que a mí me cobró menos, pues era sabido que don Pepe me tenía predilección. Además, Macedo escogió un canario con pasamanería en azabache, Mancera un anciano traje que en alguna época pudo haber sido verde y Ramos, un azul pavo y oro con algunos cabos negros, que podrían haberlos resignado a salir de subalternos en mi cuadrilla. Que cómo le hizo Icaza para estrenar en Tampico un hermoso traje grana y oro, recién salido del taller de una sastre madrileña, permanece como un misterio a la fecha. Haciendo cuentas, calculamos que sólo con lo que valía ese terno podíamos haber pagado todo el numerito, incluido el transporte y el hospedaje.

Dos días antes de la fecha anunciada y sin haber entrenado en los Viveros —porque así le hacen los toreros que son figuras—, nos citamos en la estación de autobuses y nos embarcamos en lo que sería una de las aventuras más entrañables de aquella época de glorias sin precio. En medio de los demás pasajeros mundanos, íbamos cinco toreros dueños del universo, indignos de ser confundidos por simples mortales, engreídos, presumidos, mentirosos y plenamente mamones. Apenas arrancó el autobús nos enfrascamos en narrar en voz alta, para que lo oyeran los vecinos de asiento, anécdotas infladas por la vanidad, hazañas exageradas y sangrones acentos andaluces. No tardamos en sentir que por encima de los asientos, asomado sobre los respaldos, nos miraba absorto un insecto que sería insignificante si no fuera por los lentes de fondo de botella que le cubrían la mitad de la cara. Era un muchacho cuya cabeza parecía tener las dimensiones normales de cualquier ser humano, pero decorada por dos inmensos ojos, magnificados por las quién sabe cuántas dioptrías que tenían los cristales de sus gafas.

Creo que nos reímos todos, y acepto que fui el que más, al interrumpir nuestra tertulia taurina y encarar al intruso. El colmo de la escena fue cuando el mosquito decidió abrir la boca, mostrar una hilera de dientes desalineados y atreverse a soltar algún comentario sobre la lidia de reses bravas. Todavía me avergüenza recordar cómo intentamos callarle la boca, argumentarle que nosotros éramos figuras y que su comentario no venía al caso, cuando tuvo a bien decirnos en voz baja:

—Yo soy el Pinacate.

El trayecto de nuestro autobús cambió de rumbo en ese instante: en vez de ser un largo recorrido de más de ocho horas de ensoberbecidas ilusiones, los cinco asumimos el camino hacia una novillada que dejaba de ser de lujo para convertirse en la penosa ocasión de compartir cartel con un insecto inclasificado. El bombardeo de preguntas con las que pretendíamos desacreditar al advenedizo se inició con "¿a poco toreas con los lentes puestos?" y terminó con el obvio cuestionamiento de "¿y qué chingaos es un pinacate?".

Supongo que ya habíamos pasado por Pachuca cuando el sexto espada tuvo a bien confiarnos que él toreaba sin lentes, "jugándome de veras la vida", con lo cual, por lo menos yo, sentí que me picaba el orgullo y me forzaba a demostrarle en el ruedo quién de los dos era la verdadera figura en ciernes. Debo subrayar que en esa época, las lentillas de contacto no sólo eran los artículos de lujo de cualquier óptica, sino un recurso reservado para artistas de cine. Tenía cojones el personaje aquel al soltar así, sin más, que él toreaba "con el olfato y ni mimporta si veo borroso". Sin embargo, su desplante se quebró en cuanto confesó que un pinacate es "un escarabajo que huele bien feo", pero que a él le decían así "porque de chiquito me la pasaba jugando en los charcos".

Las horas en el autobús que parecían interminables se aligeraron con las risas incontrolables que provocó la etimología del pinacate. Incluso las pocas cabeceadas y mínimos sueños que quisimos conciliar a lo largo del viaje se interrumpían con alguna carcajada, soltada por cualquiera de los cinco, provocando la resurrección de la risa contagiosa entre los demás. Una serpentina de risas, de las que se vuelven vértigo y hasta el marco de Macedo que amenazó con vomitar, lo que motivó una seria amenaza del chofer del autobús y no pocos insultos de los demás pasajeros que nos quisieron bajar del camión en medio de la noche.

Llegamos a Tampico la víspera de la corrida, sin poder reír más y cargados con la ilusión de que cada quién podría ser triunfador por encima de los demás, pero convencidos de que nadie se quedaría por debajo de la cucaracha insignificante que fardaba el taurinísimo adorno de los telescopios sobre sus ojos. Desde luego que no nos alcanzaba el dinero para alquilar en el mejor hotel y resolvimos compartir una habitación para los cinco en uno de medio pelo. Recuerdo que cada uno de nosotros quisimos borrar la sorna con la que nos habíamos burlado de él, cuando el Pinacate confesó no traer más dinero que el que costearía su regreso en autobús. *Todos a una*, le ofrecimos que compartiera el cuarto con nosotros y, de hecho, entre todos le pagamos la cena en una céntrica fonda, aledaña al hostal, donde se apareció el supuesto empresario para ponernos al tanto del corridón con el que supuestamente haríamos mucho ruido en el ambiente taurino.

El gángster nos informó que los toros ya dormían en los corrales de plaza, que el Presidente Municipal fungiría como Juez de Plaza, que la banda juvenil de la Secundaria Técnica amenizaría el festejo y que ya tenía en su hotel las banderillas para cada uno de los seis toros. También nos informó que la Asociación Mexicana de Picadores y Banderilleros había aceptado brindar las cuadrillas para la corrida sin cobrar un sólo peso y que, "para demostrar que esto va en serio, los toros llegaron con 490 kilogramos de promedio y saldrán en puntas. Ni *afeitados* ni *despuntes*, nomás pa que veamos de qué cueros salen más correas."

Antes de que nos fuéramos a dormir, el dizque empresario nos ofreció ir a la plaza para que viéramos a los toros en los corrales y, si queríamos, ponernos de acuerdo para no sortearlos. Ahora me acuerdo y siento el mismo orgullo atrevido con el que los cinco, además del Pinacate, le contestamos que "no necesitábamos verlos ni ponernos de acuerdo… que salgan tal como puedan entorilarlos… y que Dios reparta suerte."

Creo que fui el único que durmió esa noche y no sé bien por qué. Lo que sí recuerdo es que nos levantamos sin despertador y que nadie tuvo deseos de desayunar ni una tasa de café. También recuerdo que el cuarto se había apestado con un olor insoportable que nos obligó a abrir las ventanas desde las siete de la mañana. Habiendo dormido tantas aventuras juntos, los cinco sabíamos que el tufo provenía del Pinacate, pero nadie se atrevió a decirle nada. A media mañana llegaron al cuarto tres aficionados tampiqueños en perfecto estado de ebriedad y un reportero de un periodiquito local, sin cámara ni grabadora a cumplir el simulacro de que nos entrevistaba.

Como era costumbre, Macedo y Mancera me vistieron primero, y luego enfundaron a Icaza en el impecable grana y oro que no me canso de recordar con envidia. Ramos se sabía vestir solo y empezó a ayudar al Pinacate cuando de nuevo nos vimos envueltos en el frenesí nervioso, incontenible, de las mismas carcajadas del día anterior, pues sucedió que el pobre cucarachón sólo había podido alquilar un traje rosado, color pantaleta de viejecita, con más cornadas que las que le dio el toro *Michín* a Carmelo Pérez, pero para colmo remendadas con hilo negro. En realidad, nuestras carcajadas parecían disfrazar el evidente miedo que llevábamos bajo la piel y se convirtieron en risas de lágrima loca en cuanto el tal Pinacate tuvo a bien calzarse por encima de sus arrugadas y gastadas medias un par de tenis negros, "porque ni modo, no me alcanzó palquilar las pinches zapatillas".

Del hostal salimos cinco toreros que aparentábamos elegancia, pero acompañados de un Cantinflas con ocho dioptrías en cada ojo. Nos fuimos andando a la plaza, creyendo que hacíamos honor a los toreros de antaño y en el patio de cuadrillas, en esos momentos en que el miedo se arremolina en el centro del alma, nos enteramos que el Pinacate nunca había toreado en su vida. Con una temblorina que le movía cada uno de sus huesos, los colchoncillos que llevaba como mejillas, y el negro armazón de sus pesadas gafas, nos confesó:

—La pura *verdá* es que logré juntar la lana que me pidió el señor empresario... y ganas no me faltan, porque me gustan un resto los toros... pero nunca he *toriado*, ni en ganaderías...

De pronto, cualquier posible miedo personal quedaba opacado por lo que teníamos entre manos como una papa caliente o, más bien, un frijol saltarín. Estábamos a punto de partir plaza con un pobre incauto que, de veras y más que cualquiera de nosotros, se jugaría la vida en serio. Creo que no fui el único en sentir que estábamos a punto de convertirnos en cómplices de un homicidio anunciado y más cuando el Pinacatazo se quitó los lentes y los guardó entre los pliegues de su chaquetilla. Como suele suceder con estos momentos en las películas de blanco y negro, el portón se abrió sin más aviso que el agudo llamado de un clarín medio desafinado que se oía a lo lejos y los cinco nos vimos acelerados a liarnos los capotes de paseo, medio arreglar la mantilla que había logrado improvisarse el Pinacate con el mismo fin, y salir uno por uno, cinco con la frente en alto, a encarar el luminoso relumbre de un ruedo recién regado.

Poco importó que en los tendidos vacíos apenas se pudieran sumar sesenta o setenta aficionados y que el alguacilillo —eso sí vestido como un Felipe IV de luto— no pudiera controlar las nerviosas zancadas de su famélico caballo. Lo único que nos faltaba llegó cuando el caballito se fue cagando sobre el largo trecho por donde teníamos que desfilar. Tampoco nos importó que, al momento de iniciar el paseíllo, el Pinacate se agarrara del brazo del único de los cinco que le quedó a mano para no perderse en el trayecto hacia la barrera. Allí íbamos, cinco figuras en potencia, con un ciego en medio, sobre una arena salpicada de mierda.

Desde el ruedo, al llegar a desmonterarnos con el saludo de rigor, los cinco matadores, los banderilleros, los tres picadores y los siete o nueve mendigos que disfrazaron ese día con el uniforme de monosabios, pudimos observar que el improvisado Juez de Plaza, H. Presidente Municipal, estaba borracho por la ondulación oscilante con la que apenas se mantenía en pie. También hizo evidente que no tenía idea de lo que es una corrida de toros al recibir el saludo ritual de las cuadrillas con el pulgar izado, como si fuera un César romano en pleno circo tropical. También alcanzo a recordar que la banda juvenil de la Secundaria Técnica no supo cómo terminaba el pasodoble con el que partimos plaza, pues optaron por un corte terminante *à la mariachi* que fue rápidamente borrado por el toque del clarín que de nuevo desafinaba, pero para anunciar la salida del primer toro.

Intento recordar más detalles pero mi nublada memoria sólo logra hilar algunas circunstancias aisladas. Mancera cortó la oreja del primer toro, que de novillo tenía el recuerdo, pues era un toro hecho y derecho que infundió el suficiente respeto como para que no se nos ocurriera hacerle el tercio de quites. Macedo desorejó al segundo, un marrajo de más de 520 kilogramos que llevaba una cornamenta digna de convertirse en perchero de cantina, y Ramos bordó el toreo del más puro arte mexicano con una faena vernácula, ranchera hasta en el acompañamiento que instrumentó la banda de música. Fue premiado con las orejas y rabo, que paseó en apoteosis y con parsimonia a pesar de que sus vueltas al ruedo implicaban mostrar los trofeos a grandes secciones de tendidos completamente vacíos. Tuvo la deferencia de invitarnos a dar la tercera vuelta con él, cosa que inexplicablemente aceptamos y que queda para la historia como la única vuelta al ruedo que haya dado en su vida el Pinacate, del brazo de quien esto escribe. Vaya en su abono que fue el único de los seis que creyó ver la plaza repleta, emoción que lo llevó a darle un apretado abrazo a Luis Ramos al terminar nuestro recorrido colectivo, con lo cual aplastó sus lentes que escondía bajo la chaquetilla rosa pantaleta y oro.

A mí me tocó el cuarto toro y recuerdo cada ápice de su lidia como uno de los momentos más prístinos de la felicidad. Lo recibí con cuatro verónicas y una media que provocaron oles que nunca más pude olvidar, pues venían del callejón, gritados por mis compañeros y por las cuadrillas, más que de los pocos despistados que cayeron por la plaza como asistentes. De hecho, ya había más público al lidiarse mi toro, por la hora en que salían los burócratas, secretarias y petroleros de Tampico, de sus trabajos; además de que el seudo empresario había ya decretado la entrada libre.

Era un toro que reunía los tres pelajes sobre sus lomos, sardo, listón y salpicado. Según el caporal enviado por el ganadero, ese toro pesaba más de 560 kilogramos en la ganadería, por lo que parece que lo lidié con 540. Recibió tres puyazos y le instrumentamos cuatro quites que allí quedan para la eternidad: lo saqué del caballo, del primer puyazo, repitiendo la guadalupana en seis ocasiones, caminándole y hablándole como si lo consintiera. Rafael Icaza se echó el capote a la espalda y le pegó las tres gaoneras más ceñidas que he visto en mi vida. Remató con una rebolera y, antes de que lo acercara un banderillero para el segundo puyazo, Mancera le instrumentó un pequeño concierto de tres chicuelinas que podrían haber opacado mi actuación si no fuera porque me inspiré y lo saqué del caballo a una mano, como si lo corriera, y ya engolosinado le receté el equivalente a tres naturales con el capote, con la mano derecha pegada a mi espalda, y rematé con dos brionesas ligadas como forzados de pecho. Allí mismo le asestó el picador Carmona el cuarto puyazo a pesar de mis protestas, lanzadas como si fuera una figura del toreo a punto de realizar la faena de su vida.

Tuve el descaro de brindar su muerte a todo el público y sólo recuerdo que fueron más de tres tandas, quizá cuatro, todas con la izquierda, que me pararon los pelos de punta. Lo maté con dos pinchazos y una media lagartijera en el centro del hoyo de las agujas y reconozco que fue la borrachera, más no la razón del Juez, lo que me permitió pasear las dos orejas en una sola vuelta al ruedo que emprendí a solas, sin invitar a nadie más.

Para la hora en que Icaza se enfrentó al quinto de la tarde la ciudad de Tampico había iniciado el ritual del anochecer. Apenas concluyó el primer tercio de las auténticas pinceladas con las que toreó aquella tarde Icaza, nos vimos de pronto en medio de una plaza poblada por sombras. Era de noche y en la penumbra creo recordar que la faena de muleta fue artística, escueta, pero plagada de filigranas y que Rafa mató en la suerte de recibir, lo que justificó con creces el rabo con el que fue premiado. Aunque parece un sueño, más que un recuerdo lo veo aún con los trofeos en la mano, pero en medio de una oscuridad casi total. Subrayo esto por la adrenalina que nos invadió en ese momento, y más cuando el *gansterpresario* nos confió:

—Los dineros no alcanzaron ni para enfermería ni para el alumbrado... pos qué querían que hiciera con tan poca lana.

Estábamos, ahora sí, ante el inminente asesinato del Pinacate, que tenía que salir a jugarse auténticamente la vida, y la vista, en plena noche y sin contar con el supuesto alivio de que hubiera servicios médicos para atenderlo.

Al tiempo que el pobre insecto se instaló en el burladero de matadores, sin siquiera el alivio de que pudiera calzarse los lentes para por lo menos intentar ver salir a su toro, los cinco hermanos de este Apocalipsis decidimos a sus espaldas hacernos del toro, torearlo entre los cinco con el humanitario afán de alejar al bicho de cualquier posible cercanía con el Pinacate y jugarnos nosotros mismos el albur de esa muerte. Al final, resultaba irónico que aquello que se había propuesto evitar el empresario fue precisamente lo que sucedía en el ruedo.

Me consta la forma envalentonada con la que el Pinacate salió del burladero y se plantó en el tercio, mirando al oscuro vacío que le quedaba a mano derecha, citando a voces y con bruscas sacudidas de su capote hacia donde él, y solamente él, había imaginado que se encontraba el toro. Sobra decir que el animal andaba en el otro extremo del ruedo entretenido con los capotazos con los que intentaban cerrarlo en tablas Mancera, Macedo y un banderillero.

No vale la pena forzar más mi memoria. Sólo quiero dejar por escrito lo que ha quedado como un momento insólito en la historia del toreo. Sucede que, engallado por no haber podido lancear a su enemigo, y picado en lo más íntimo de su orgullo, el Pinacate de pronto sintió un momento de inspiración incontenible y con un atrevimiento pocas veces visto en una plaza de toros, sintió venir el bulto en la forma de una sombra indefinida y se dejó caer hincado para instrumentar un farol de rodillas que podría haber recibido el ole por parte del público o de cualquiera de los que lo vimos, si no fuera porque se lo pegó al caballo del picador, al filo del tercio y a unos metros del burladero.

Que yo sepa, es la única vez en la historia universal de las corridas de toros en que un torero realiza un lance de capa al paso de un picador y su montura. Torear un caballo en medio de la oscuridad fue lo suficientemente ridículo como para justificar las carcajadas irrefrenables de todos los que andábamos en el ruedo y las de los pocos espectadores repartidos en la oscuridad que alcanzaron a ver el hecho sin comprenderlo en lo más mínimo. El bochorno hizo que el Pinacate se soltara a llorar ahí mismo, inmóvil sobre la arena de la noche y que, una vez que alcanzó a llegar corriendo al callejón, se resignara a no volver a salir al ruedo, sabedor de que su toro sería lidiado y estoqueado por los otros cinco.

Aunque volvimos a la Ciudad de México en el mismo autobús, consta en lo poco que me queda de memoria que el Pinacate casi no habló en el trayecto, aunque terminó riéndose él mismo del trance. Nos reíamos todos, sin saber el poco tiempo que le quedaban a nuestras ilusiones taurinas, porque también el chiste ponía al descubierto la ridiculez utópica de nuestras andanzas. Nos reíamos, sin intuir que terminaríamos envejeciendo.

No hace mucho tiempo, mis nietos me obligaron a asistir a la Plaza México con el afán de distraerme, aunque esgrimieron el pretexto de que toreaba un nuevo fenómeno de la torería mundial. El cansado episodio sirvió para que al escribir estas líneas no me acuerde de cómo se llama el fenómeno en turno, ni qué cosas pudo haber hecho en la plaza, pero lo que sí atesoro como una luz en medio de un callejón desierto es el hecho de haber visto a las afueras de la plaza, de lejos pero inconfundible, al Pinacate. Ahí estaba parado, igual o poco más viejo que yo, con otro par de microscopios sobre los ojos —quizá las mismas gafas que rompiera en Tampico—, vendiendo billetes de lotería sin mucho entusiasmo, resignado quizás a que en sus manos no llevaba ningún premio mayor, pero con la serena elegancia de quien sabe que en algún lejano rincón de su memoria hubo un momento anónimo cuya fecha se ha perdido para siempre en que ese hombre vivió el milagro de convertirse él mismo en un farol en la noche.

De regalo

La noche anterior a la presentación de mi primer libro en Madrid la viví como si fuese la víspera de la confirmación de una alternativa en Las Ventas. Al menos así lo percibí en todos los poros posibles: volví a soñar con el mismo berrendo impresionante, de 600 kilogramos, que se me aparecía como fantasma en las madrugadas de mi juventud; pasé el día sacudiéndome las piernas, como si los tobillos me colgasen de las rodillas, no por el frío madrileño, sino como banderillero al filo de colocarse en el burladero de contra querencia... y anduve, ese día en Madrid, con las palmas de las manos sudorosas en busca de un percal, y con el alma de forastero en pleno foro. Al mediodía entró la llamada a la habitación de mi hotel. Era la voz de un pasado entrañable, la voz de Pepe Balsa:

—Hola, Monstruo —me dijo como si no hubiesen pasado los años—. Ya me imaginaba que estarías en el cuarto... como los toreros, ¡joé! Sosegando la víspera, ¿no?... A lo que vamos: te llamo para pedirte que te acicales... paso por ti más tarde... A las ocho en punto —y aunque yo quería zafarme del compromiso, y le insistí mi deseo de quedarme en cama hasta que fuera inevitable vestirme al día siguiente, y encarar el paseíllo de la presentación, Balsa no se dio por enterado y cerró la conversación con una media tajante, de las que parecen más bien recortes para dejar a un toro en la suerte exacta de varas:

—Es de corbata —colgó.

El monótono timbrado del auricular, en cuanto alguien nos deja colgado en la línea, se vuelve un perfecto recurso para la hipnosis o, por lo menos, para la resurrección instantánea de toda una vida. Me quedé durante segundos escuchando el badajo electrónico y, de pronto, lo reviví todo.

José Balsa Pérez visitó México en 1978. Iba como asesor de la Casa de la Moneda para el diseño y la confección de unos nuevos billetes que serían infalsificables, según se decía entonces. Era experto en fotografía y fotomecánica, huecograbado y *offset*, y no sé qué tantas suertes de imprenta. Me lo presentó mi padre la víspera de una novillada imposible en Ojuelos, Jalisco, que no recuerdo bien por qué me comprometí a torear. Como era mi costumbre, cuando andaba de novillero —y, por lo visto, también para presentar un libro—, sólo me serenaba encerrado en la habitación de los hoteles a la víspera y fue allí donde llegó Balsa con mi padre, ambos con el angélico afán de darme ánimos.

José Balsa Pérez sabía de toros y mucho. Había sido amigo de Ordóñez y de los Bienvenida. Llevaba en la cartera una fotografía en la que se le veía de joven, cargando en hombros al Litri, en plena calle de Alcalá… a dos calles de donde me hallaba ahora, víspera de mi presentación en Madrid. Colgué el auricular y, aunque quedaban muchas horas para cumplirle el compromiso a Balsa, me duché y afeité. Iba de salida de la habitación cuando recordé que había dicho que era de corbata, así que me regresé y, ya frente al espejo, como si siguiera yo la miedosa costumbre de antes, parecía que en vez de los ejemplares de mi primer libro, el tocador estaba poblado de estampitas religiosas y veladoras infalibles. Al anudarme la corbata —con la trenza delgada que delata a todo aquel que fue torero y que, en realidad, no sabe cómo amarrarse una corbata como los demás mortales— me le quedé mirando. Era el mismo de 1978… los mismos nervios y confundidos sueños. Era yo.

Salimos de Ojuelos con dos orejas en la espuerta, un puntazo en la pierna izquierda y veinticinco mil viejos pesos en la cartera de mi padre. En el coche venía Balsa y durante el trayecto de regreso a Guanajuato se la pasó compartiendo con nosotros las mejores historias taurinas de su repertorio, además de chistes que a la fecha no dejan de romperme en carcajadas. Ocho días después, obispo y oro, otras dos orejas en San Luis Potosí, y Balsa que seguía llenándonos de vida… Ya en la Ciudad de México —en los días necios en que yo seguía pidiéndole una oportunidad de torear en La México al férreo doctor Gaona, empresario de la Monumental—, José Balsa Pérez me acompañaba a entrenar en los Viveros de Coyoacán y una sola, memorable mañana a oscuras, nada menos que al ruedo de la Plaza México, como si toreando de salón pudiera convencer al doctor Gaona con más argumentos que los recortes de periódicos en sepia y arrugados que mostraban los triunfos de Ojuelos y San Luis...Tres días después, Iberia directo a Madrid, Balsa se volvió a España y yo me quedé esperando una oportunidad que no llegó... una vida en humo que dejé por completo para convertirme, según yo, en escritor y llegar hasta la víspera increíble de mi presentación en Madrid, como si se tratara de la confirmación de esa alternativa que tomó mi vida al elegir escribir en vez de jugarme la vida con toros bravos.

Salí entonces de la habitación, corbata grana sin oro anudada como mandan los cánones, abrigo doblado al brazo como si fuese capote de paseíllo de festival y asumí no sé cuántas vueltas por el barrio del hotel con el impasible propósito de hacer tiempo. A las ocho de la noche, menos dos grados de frío en Madrid, llegó puntual Pepe Balsa: estaba idéntico a pesar de la nevada de canas y algunos kilos encima de los años transcurridos. Me podría haber dicho lo mismo, salvo que en mi caso, haber dejado de torear me permitió granearme hasta alcanzar un peso digno de ser lidiado en novillada con picadores.

En cuanto subimos a su auto, Pepe Balsa —misma sonrisa de Ojuelos, mismo ser tocado por la gracia— me miró fijamente y dictó la orden de la noche:

—Te voy a pedir de favor que no me interrumpas... Vamos a emprender un trayecto que te debo y que hoy quiero intentar saldarte... Lo tengo tó preparado, así que por favor... —y no me dejó decirle que yo estaba dispuesto a llevarlo a cenar, que quería volver temprano al hotel para seguir con mi ritual de la víspera y no sé qué tonterías aledañas—. Que te calles, ¡por favor! Y no te ofendas, ¡joder!, que lo tengo tó coreografiao...

Al doblar la primera esquina, Balsa me habló de Hemingway y Ordóñez. Narró el pleito del gran Nobel gringo con Dos Passos y remató su hermosa historia de amistad y traición, ahí mismo, en donde estuvo el Hotel Florida y nada menos el escenario donde se mentaron la madre dos de los más grandes escritores gringos del siglo XX.

Recorrimos la Gran Vía con párrafos enteros del *Quijote*, que Balsa recitaba de memoria, para rematar —cronométricamente— en el semáforo de la calle Princesa, doblar a la izquierda y pedirme que me bajara de su auto para rendirle mis respetos al monumento a Cervantes. De pasada, le acaricié una pata de bronce al inmenso *Rocinante*, como si fuera el jamelgo de mi picador de confianza. De nuevo en el coche, Balsa recitó pasajes enteros —más o menos de memoria— de Benito Pérez Galdós y remató —de nuevo cronométricamente— en el portal del edificio donde vivió y murió Galdós; sin explicación de por medio, me recitó entonces por lo menos tres de los *Veinte poemas de amor* (sin canción desesperada) de Neruda y, dejando el auto en doble fila, me hizo caminar con él hasta la esquina de Rodríguez San Pedro, la llamada esquina de las flores, donde vivió el poeta chileno.

El caso es que no alcanzan aquí los párrafos para reproducir fielmente el recorrido que me regalaba Balsa aquella noche de víspera, aunque puedo jurar ante un tocador retacado de estampitas religiosas que no he olvidado una sola de las calles, ni uno solo de los autores que, Balsa con su magia, resucitaba para mí como en una convocatoria de espectros para sosiego de un escritor en ciernes.

De vuelta por las calles cercanas a la Gran Vía, Balsa optó por un *Parking* y, aún sin dejarme hablar ("que no es conversación, tío") me llevó del brazo por Preciados, bajamos a la Puerta del Sol y al llegar a la Plaza de Santa Ana, empezó a mezclar con sus referencias literarias las más alentadoras anécdotas taurinas: ante el Hotel Victoria me señaló desde la plaza la habitación donde se vestía Manolete y la que usó Arruza el día de su confirmación en Madrid… en la cervecería alemana me señaló el sitio exacto donde había escuchado hablar a Belmonte sobre los toros de Murube… en la calle de Huertas me llevó al portal donde una tarde remota había visto llorando nada menos que a Luis Miguel Dominguín.

—Quizá venía de acostarse con Ava Gardner en el Palace... y eso, ¡joé!, sólo se pué digerir con lágrimas...

Bajando hacia la Plaza de Neptuno me relató la increíble anécdota de una noche en que una banda de soñadores, evidentemente de juerga, había convencido a Paco Camino de que se aventara una faena de salón en el Museo del Prado.

—¡Jó, qué gracia! ¿Te imaginas? Llevar al Maestro a que bordara filigranas delante mismo de los óleos...

Entre escritores y toreros, viejos edificios y calles, Balsa me estaba preparando un regalo invaluable, nada menos que la víspera de mi presentación en Madrid, y a mí se me nublaba la vista... hubo ratos largos en que todo parecía de blanco y negro... no nos importaba el frío, ni que los turistas nos vieran andando del brazo, como dos enamorados.... enamorados ambos de Madrid y de todos los benditos fantasmas que Balsa convocaba con su voz de tabaco negro y sus canas de sabio... Menos importaba la hora, el paso de las horas y, mapa callejero en mano, el increíble largo recorrido que debería habernos si no cansado, por lo menos acalambrado las piernas con el frío de Madrid y tanto trayecto verbal.

Puedo jurar que al llegar andando a la Plaza Mayor ya no tenía la más mínima necesidad de estirar las pantorrillas y fue entonces cuando me dijo:

—Mira Monstruo: hace años compartí la ilusión contigo de que algún día serías figura del toreo... Es más, compartí con tus padres el miedo indecible que llevaban en las venas cada vez que te vestiste de luces... A lo que voy: siempre he creído... Creo... que no hay mejor universidad que los libros y no te cofundas: uno se juega la vida tanto o más con escribir que con andar toreando... Lo dicho: escribir es torear y mañana confirmas esa alternativa en Madrid. Me habías prometido —¿lo recuerdas?— que te vestirías en casa y que yo mismo te iba a llevar a Las Ventas en mi auto, llegado el milagro que hoy sabemos decidiste cambiar por otro... A lo que voy: la admiración que le guardo a cualquier valiente que se pone delante de un toro sólo ha sido superada siempre por la que le tengo a los escritores de verdad, los que no adelantan la suerte y se embraguetan con cada párrafo, los que saben cruzarse con las embestidas y no torean para el público, los que escriben sin importarles que en cada lance les va la vida y sin fijarse en lo que opinen los críticos desde el tendido… No tengo otra cosa que darte… Te regalo Madrid —y en cuanto me lo dijo, se me llenaron los ojos de lágrimas—. Te regalo Madrid, que es tuyo… ¿A qué te sigue gustando la Plaza Mayor? ¡Pues es tuya, joé! —y empezó a gritar a voz en cuello:

—La plaza es de él… la plaza es de éste —señalando a unos turistas o paseantes trasnochados que caminaban por esa plaza soñada donde hace siglos se corrieron toros que se lanceaban a caballo…

De atrás del caballito que es estatua —nombre y figura de un rey que no recuerdo exactamente su nombre o número— se nos dejó venir, como berrendo que embiste de largo, un guardia municipal que se había avisado con los gritos. Balsa, como Tancredo, esperó el momento de la reunión y, como quien pega un quiebro, le dijo:

—Perdóneme… pero aquí mi amigo mejicano… Escritor que presenta mañana mismo su primer libro en Madrid… y que Usía seguramente reconoce por lo de los periódicos… pues resulta que es ahora el dueño de esta plaza y de Madrid entero…

El gendarme, que nos vio cara de dementes inofensivos, nos siguió el juego y se cuadró ante mí, con una sugerencia.

—Todo eso está muy bien… pero no es necesario ir dando voces… Mantengan la fiesta en paz y enhorabuena por su ciudad.

Nos reíamos, aunque yo seguía llorando, cuando enfilamos hacia la Puerta del Sol y Balsa seguía obsequiándome cada esquina y cada edificio, esa otra plaza, incluyendo el Ayuntamiento, la carrera de San Jerónimo, la esquina donde vivió Borges, la calle del Carmen, el Corte Inglés… y volvimos al *Parking* y de nuevo en el coche, Balsa siguió regalándome Madrid: me regaló la Gran Vía de principio a fin, la calle de Princesa completita, el arco de la Moncloa, el campus de la Universidad Complutense —donde me obligó a bajarme en la entrada de la Facultad de Geografía e Historia y tirarme una de las meadas más memorables en la historia de la insolencia académica… Volvimos al centro de Madrid y me recitó a Quevedo en la calle de León, que me regaló junto con todo el barrio de Lavapiés —árabes incluidos— y luego me obsequió el viejo edificio en Atocha donde se imprimió el *Quijote*…

Aceleró hacia el estadio Bernabeu y me lo regaló, junto con la plantilla de jugadores que vestían la camiseta en ese entonces… me regaló el Paseo de la Castellana y los Nuevos Ministerios —sin la estatua ecuestre de Franco—, pero sí la de Castelar y luego la de Juan Valera, con todo y su Pepita Jiménez en mármol blanco. Me obligó a bajarme del coche, frente al Café del Espejo, atravesarme a la Biblioteca Nacional y tomar posesión de ella.

—Que además viene con todos los libros que tiene dentro.

Me regaló el Café Gijón —a punto de cerrar sus puertas—, el Paseo de Recoletos entero y la Cibeles que ya había roto aguas. Me regaló al Neptuno ("aunque aquí festejen, muy de vez en vez, los del Aléti…") y la estación de trenes de Atocha —con locomotoras y vagones dormidos—. Volvió por el lado contrario y me obsequió el Jardín Botánico, como si fuera un ramo; el Museo del Prado —donde de milagro no pidió que me bajara del coche para aventarme una faenita a los pies del Velázquez de bronce, ya también de mi propiedad— y, girando en Nuestra Señora de Correos, subimos por Alcalá para que me regalara la Puerta cacarizada a balazos, el Parque del Retiro… y a pesar de que yo no podía dejar de llorar, me hacía reír Balsa con los chistes que intercalaba en su coreografía, y me regaló al Espartero con todo y los huevos de su caballo y el barrio de Salamanca, de calles vacías, recién llovidas por el frío de esa víspera inolvidable y me mareó dando vueltas, enredándome la cabeza con más y más fantasmas de escritores, la casa de los Bienvenida, la calle donde vivió Alfonso Reyes, el bar donde paraba Pío Baroja… un mareo que de pronto se interrumpió en una calle que creo recordar que se llamaba Bocángel…

Entonces me hizo bajar de nuevo del coche y, al preguntarle que ahora adónde íbamos, y dejarme hablando solo, se regresó al coche y sacó del maletero su vieja cámara fotográfica y el aparatoso flash con los que se había ganado su larga y provechosa vida en la Casa de la Moneda ("Real Fábrica de Moneda y Timbre que me permitió viajar a Méjico... y fincarme el regalo que hoy te doy, Monstruo... ¡Que eres un Monstruo!) y sin que lo pudiese haber imaginado, doblamos la esquina con Alcalá... y vi de lejos, como catedral en penumbra, ese sueño alucinante, anhelo de todo torero, que se conoce como Monumental Plaza de Toros Las Ventas...

Conforme nos acercamos, mientras pensaba que Balsa me la quería regalar tomándome una foto en la Puerta Grande, como si saliera en hombros... la foto que yo mismo había abandonado en mis sueños al olvidarme de una vocación... Balsa me obsequió el monumento a Fleming, el vuelo en bronce del Yiyo y al entrañable Antonio Bienvenida, cargado en estatua a hombros de su propia cuadrilla... y me acerqué con pasos lentos a la Puerta Grande... y me volví a apretar el nudo torero de mi corbata, y girando para posarle de frente a José Balsa Pérez, fotógrafo entrañable, taurino de cepa y enciclopedia de todas las literaturas de Madrid, me sorprendió ver que no llevaba izada la cámara, ni sacado el flash de la espuerta... En eso escuché que se abría la reja a mis espaldas y una voz de zarzuela me preguntaba desde la penumbra:

—¿Señor Hernández?

Me quedé helado... y más en cuanto la luna dejó ver al diminuto guardaplaza, con su abriguito de duende, su bufanda de nostalgias y su voz de zarzuela que me repetía:

—¿Señor Hernández?...

Y yo que le digo a Pepe Balsa:

—¿Qué has hecho? ¿De qué se trata esto?

Y que me indican el paso... y que entramos a la oscuridad total del breve túnel y, cruzando la hoja abierta de ese portón de madera legendaria, se encienden todas las luces del universo...

—Venga Monstruo, da la vuelta al ruedo.

Y yo que veía los tendidos llenos de aficionados y en el palco real a la Condesa de Barcelona con las Infantas, y escuchaba en medio del silencio gritos de *to-re-ro* y a mis espaldas, como si fueran mis banderilleros, Pepe Balsa y el guardaplaza, callados, al paso, como si levantaran del albero sombreros invisibles y claveles inexistentes, y se me llenaban los ojos de sal y de todas las luces… La Luna era el Sol… y me sentí el hombre más feliz del mundo y en pleno centro del ruedo de la Monumental de Las Ventas tuve el descaro de alzar los brazos como si llevara las orejas inmensas de un berrendo de 600 kilogramos, ya en el destazadero de mis recuerdos…y entonces sí, cámara en ristre, Pepe Balsa me tomó la fotografía que ambos habíamos quizá soñado una remota víspera en Ojuelos, Jalisco…

—Y déjate de mariconadas…

Al darle el abrazo… con esa sonrisa de niño canoso que me sigue por todas partes, por las calles del Madrid que son de mi propiedad cada vez que lo sueño… con esa voz de tabaco negro que sigo escuchando en las madrugadas, buscando el constante sosiego desde que todos los días se convirtieron en vísperas… todos los días una confirmación de alternativa… me abraza Pepe Balsa y con una palmada sobre la hombrera de alamares invisibles, me remató el regalo con un adorable:

—Venga, que te llevo al hotel… que mañana presentas un libro.

True friendship

Para Diego García Elío

You may still think true friendship is a lie. But then, you've never met Bill Burton repetía con frecuencia Samuel Weinstein. De hecho, la frase podría considerarse su rúbrica. La soltaba al justificarse ante su esposa por algún olvido y ante los compañeros de oficina la utilizó más de una vez como excusa ante cualquier descuido. De hecho, Weinstein empezó a glorificar su amistad incondicional con Burton desde los tiempos en que aún vivía con sus padres, cuando era soltero y apenas cursaba el High School. Su hermana Rachel siempre dudó de la sinceridad de su declaración y consta que fue la única que llegó a cuestionar la existencia misma de Burton; para ella, la supuesta fidelidad de su hermano Sam al desconocido Bill Burton no era más que una ingenua —y rápidamente trillada— artimaña para evadir cualquier responsabilidad. Que si Samuel llegaba tarde a la mesa para cenar, que si decidía faltar a la sinagoga, que si no estaba libre algún sábado por la mañana… todo se explicaba por vía de Bill: que lo había invitado a un juego de béisbol y no calcularon el tiempo, que siendo sábado habían decidido estudiar para un examen concentrados en todo menos en recordar que Sam se había comprometido a lavar el coche o pasar por un mandado o también que fue Bill Burton quien le pidió —aun a costa de faltar a la sinagoga— que lo acompañase a New Jersey para cobrar un dinero que le debían a su madre.

En realidad, la vida de Sam Weinstein no tiene ningún viso de anormalidad y su biografía —*plain and simple*— transcurre estrictamente dentro de lo convencional, salvo las muchas y repetidas ocasiones en que aludía a Bill Burton y las veces en que se enredaba justificando la muy notable ausencia constante de su entrañable amigo, siempre apelando a su rúbrica de que "podrás pensar que la amistad verdadera es una mentira, pero bueno, es que no conoces a Bill Burton". Samuel Weinstein nació en Nueva York, en octubre de 1926, en el seno de una familia judía, segunda generación de emigrados lituanos y albaneses, cuya pequeña fortuna se debía más al esfuerzo tenaz y compartido de sus padres que a la cómoda herencia o el abuso fiduciario que tanta seguridad económica le brindó a muchos conocidos de la familia. Sam era el primogénito de Baruj Weinstein y Sarah Elbasan, ambos sobrevivientes del paso de entrada por Ellis Island por donde llegaron sus respectivas familias casi al mismo tiempo, aunque según unas viejas fotografías en sepia, Sarah venía en brazos de su madre, mientras que Baruj bajó andando del barco.

Algún psicoanalista podría intentar explicar la exagerada filiación de Samuel Weinstein por su amigo invisible en el hecho traumático que marcó su vida a la temprana edad de cuatro años. Sam se perdió entre cajones de verduras y desperdicios de pescado allá en los oscuros y sórdidos callejones del Bowery en la punta de Manhattan, habiéndose soltado de la mano de su madre apenas durante unos segundos. Los suficientes para que la robusta albanesa gritase lamentos a voz en cuello que rápidamente atrajeron la improvisación de un escuadrón de rescate: cuatro judíos ortodoxos, seis cargadores chinos, una panda de estibadores irlandeses, tres alemanes semi-embriagados y algunos policías de uniforme a la Keystone Cops se entregaron a la tarea de peinar cada metro inmundo de la zona, hasta que finalmente una costurerita polaca encontró al niño Sam Weinstein, acurrucado entre botes de basura, susurrando lo que parecía una canción de cuna a los andrajos desmantelados de lo que pudo haber sido en algún momento un oso de peluche.

A los cinco años llegó a la familia su pequeña hermana Rachel, que sería para él foco de adoración y objeto de absoluto cariño hasta que Sam se halló ya bien entrado en sus años mozos. De hecho, coincide su adolescencia con las primeras ocasiones en que llegó a casa mentando hazañas y compartiendo maravillas de Bill Burton, *a true friend and that's no lie*. Consta que desde el principio de su obsesión tanto la madre de

Sam como su padre y más de un familiar le sugirieron que invitase a Bill Burton a casa, que no se avergonzara de sus raíces ni de su credo, pero por una u otra razón nunca se daba la oportunidad o la ocasión para que Weinstein lo presentara entre los suyos.

Conforme avanza la vida de Weinstein se acumulan, aunque sabemos que no con exagerada frecuencia, los episodios de Burton. Sus padres, hermana y demás familiares llegaban incluso a saber como ciertas las anécdotas que ampliaban el aura de Bill y en más de una ocasión —quizá luego de un letargo sin rúbricas de por medio— ellos mismos inquirían o insistían en saber por dónde andaba Burton, que si Sam no traía alguna buena nueva o si planeaba algún pretexto para invitarlo a cenar con ellos. Durante el verano inmediatamente anterior a su ingreso en la Universidad de Wesleyan (donde, *but of course*, también se había inscrito su incondicional Burton) Samuel prefirió faltar a las vacaciones en la playa con toda su familia, argumentando que Bill lo había invitado a una cabaña con todo el clan Burton en las montañas de Vermont. En este punto, la historia que intento narrar aquí cobra un giro trascendental, pues Sam volvió de esa estancia no solamente cargado con más hazañas a presumir de su amigo, sino también con una fotografía donde aparecen ambos sonrientes al pie de un hermoso lago que parece pintado al óleo.

Por la fotografía, que pasó de mano en mano con avidez y curiosidad de todos los miembros de la familia Weinstein, podemos afirmar que Bill Burton era un norteamericano prototipo y digno de cinematografía: alto como de dos metros (muy por encima de la digamos chata estatura de Sam), con una cabellera rubia que le cubría la perfección de sus facciones, el enigma de sus ojos claros y la medida sonrisa que apenas revelaba una envidiable dentadura perfectamente alineada. Aunque Bill aparece enfundado en un jersey con una inmensa letra W cosida al frente, todos los que hemos visto la fotografía podemos afirmar que se trata de un atleta, orgulloso de su tórax y condecorado por dignas musculaturas en ambos brazos. Según Weinstein, aquellos días en Vermont habían significado para él las mejores vacaciones de su vida: que si la familia de Bill era no sólo millonaria en bienes raíces, sino afortunada y pródiga en hospitalidad y afecto; que si la hermana mayor de Bill era de una belleza indescriptible y que, además, había invitado a su mejor amiga —una tal Jane Scheller— que había logrado más que enamorar, embelesar a Bill Burton. Weinstein confió a su padre y los hombres de su familia —una vez que las mujeres se habían entretenido en la cocina— que con sólo haber sido testigo de las formas y maneras con las que Burton había logrado cortejar a Jane Scheller, allá en el paisaje de Vermont, él también podría sentirse ya preparado para hacerse de una novia.

Sabemos que se tardó, pues no fue sino hasta su tercer año en Wesleyan University que Samuel Weinstein volvió a su hogar de Manhattan con la noticia (y fotografías que lo confirmaban) de su noviazgo, y mejor aún, profundo enamoramiento con Nancy Lubisch, que a la larga se convertiría en su esposa. Apenas dos meses después de haberla mostrado en fotografía, Weinstein presentó en persona, en vivo y a todo color, a Nancy con todo el clan Weinstein y sobra mencionar que el comentario que más risas provocó en la sobremesa fue el que brotó cuando Rachel, con toda la sorna de su mirada profunda, preguntó con tono de clara envidia que si Nancy estudiaba también en Wesleyan, "pues seguramente tú sí que tienes el honor de conocer al famosísimo Bill Burton". Nancy perpleja, quizá por no conocer los muchos antecedentes, contestó entre risas que *"the most funniest thing"* es que cada vez que vamos al dormitorio donde vive Bill o cada vez que Sam queda en que salgamos los tres juntos —o los cuatro, cuando Bill ha andado de novio— siempre se nos cruza algo o alguien, y en los diez meses que llevo con Sam nunca se me ha dado conocerlo en persona. Dijo que había visto fotografías de él apostadas afuera de la cafetería y una breve entrevista que apareció publicada en el periódico de la Facultad, a raíz de un ensayo sobre economía con el que Burton había logrado aumentar su leyenda. *But I'm almost about to say that sometimes I feel Sam's talking about a ghost.*

Cuando el clan Weinstein subió en tren a Connecticut, hasta las puertas mismas de Wesleyan University, para atestiguar a mucha honra la graduación de Samuel, se toparon con la mala, muy mala noticia, de que el padre de Bill Burton había fallecido el día anterior y se podría afirmar que todos —el viejo Baruj, la robusta y albanesa Sarah e incluso la incrédula Rachel— habían sentido verdadera tristeza por su pérdida, aunque su congoja se fincaba al encontrarse una vez más sin la anhelada posibilidad de conocer en persona a Bill Burton. Pero aquí, otro dato notable: consta que durante la entrega de diplomas, el rector de la universidad leyó en voz alta el nombre de William Jefferson Burton y que entre las sillas de los graduados hubo un lugar vacío, al lado de Sam Weinstein, donde los estudiantes habían tenido a bien colocar la toga y el birrete del ausente. Consta también que en los poco más de doscientos años que llevaba de haberse fundado la distinguida Wesleyan University jamás se había visto un homenaje de tamaña solidaridad con ninguno de sus muchos notables graduados. Incluso, dicen que fue Weinstein, junto con no pocos compañeros de devoción, quien propuso ondear a media asta los colores rojo-negro-blanco del Alma Mater en señal de luto.

Ahora bien, *moving right along*, ¿qué vida se le planteaba a Samuel Weinstein, recién graduado, al arrancar el verano de 1941? *Easy... easy*, además de obvio: pronto anunció su compromiso formal con Nancy, ingresó como asistente del editor en una nada desdeñable revista literaria de Manhattan (donde llegaría a jubilarse veinte años después) y proseguir en su ya muy conocida rúbrica de que *You may still think true friendship is a lie. But then, you've never met Bill Burton.*

En las pocas, pero significativas ocasiones en que llegó tarde a la redacción de la revista, Sam justificaba sus errores ante el jefe Smithers con referencias a Bill Burton. Que si le había llamado desde Grand Central Station, con apenas el tiempo suficiente como para invitarle un trago en el Oyster Bar, pues salía en el primer tren a Philadelphia con negocios trascendentales que involucraban a los Rockefeller; que si se lo había encontrado en la esquina de Lexington y la 51, sin poderlo desviar de su trayecto, pero tampoco sin poder dejar de acompañarlo. Digamos lo mismo, *or better yet*, digamos que lo mismo sucedía en casa: Nancy llegó a hartarse de que Sam no llegara a cenar, hablando desde un teléfono público para avisarle que allí mismo estaba Bill y que no podían desperdiciar la oportunidad de una *damn good night out on the town*. Cualquiera diría que Nancy ya debía estar acostumbrada —tal como su robusta suegra albanesa o como sucedió con el viejo Baruj Weinstein, quien murió tranquilamente en su cama, rodeado de los suyos más íntimos, aunque sin dejar de mencionar que se iba de este mundo sin haber conocido al mejor amigo de su hijo— y más, pues me faltó mencionar que el día de la boda de Nancy y Samuel, donde parecía infalible la presencia de Bill Burton ya que iba como *Best Man* de su amigo incondicional, no sólo se tuvo que retrasar la ceremonia por más de cuarenta minutos, sino que además nunca llegó el anhelado fantasma, amigo de su ahora marido, pues se presentó a las puertas del templo un bombero uniformado con casco y botas para informar en persona que Bill Burton había salido herido en un accidente del Subway y que, antes de ser llevado en ambulancia, había insistido en que alguien tuviera la bondad de avisarle a su amigo Sam *and his lovely bride*. Sin embargo, el bombero no supo decir a qué clínica se lo habían llevado ni qué tan graves eran sus heridas. Pensar que Sam estuvo por unos segundos dispuesto incluso a posponer el matrimonio y que, pasados ya varios años, Nancy siguiera intolerándose e inconformándose con el recurrente pretexto o excusa de que se aparecía Bill Burton —ante Sam y nadie más— como salido *right out of the blue* justo cuando ella ya había preparado una cena especial o se había hecho a la idea de que podrían ir al cine o ambos habían acordado invitar a sus amigos los Mertz o la pareja de recién casados que vivían en el departamento de abajo.

Desde luego, *but of course*, que Weinstein tenía otros amigos. Junto con Nancy se podría decir que con los Mertz completaban un cuarteto imbatible en cualquier boliche de Manhattan y todos podríamos jurar que la relación que sostuvo Sam Weinstein con muchos de sus compañeros en la revista literaria, hasta el día exacto de su jubilación, era de amistad íntima y camaradería a toda prueba y, sin embargo, quizá sobra decirlo, hubo más de una noche a punto de dormirse o durante el trayecto en taxi de regreso a casa, y luego de una velada agradable con los otros amigos, en que Weinstein volteaba hacia Nancy y le soltaba —quizá más despacio que cuando lo decía de joven— aquello de que *You may still think true friendship is a lie. But then, you've never met Bill Burton.*

To make a long story short o vámonos que nos vamos y a lo que vamos: Bill Burton, aunque un invento cómodo y multicitado ya no sólo por Sam Weinstein, sino por todos quienes entraban a su entorno, llegó a convertirse en un mito convencional y predecible. Todo mundo que tuviese algo que ver con Weinstein ya sabía que Burton era quizá el mejor de los amigos posibles, pero imposible de conocerse en persona. Siempre que pasaba por Nueva York era con prisa, apenas con el tiempo justo y medido para verse con Weinstein. Una copa fugaz al filo de una larga barra de bar, un café sin muchas interrupciones en mesitas al paso, pero jamás el espacio de tiempo suficiente como para acompañar a Sam a casa, conocer finalmente a su familia, esposa o, incluso al pequeño Baruj, que nació en 1946 y a cuya circuncisión todo el clan Weinstein instó e insistió a Sam para que asegurara la presencia de Bill Burton, aunque todos supieran de antemano que ese día tampoco se aparecería el más que famoso, ya misterioso, *true friend of mine*.

En realidad, la historia concluye en donde comienza. Samuel Weinstein llegó a convertirse en editor de la revista *Manhattan Letters* y asumiría su próxima jubilación con resignada serenidad y diversas satisfacciones si no fuera por el hecho de haber vivido lo que algunos consideran una epifanía: la tarde del 27 de septiembre de 1966 entró a la oficina de Weinstein un hombre de complexión atlética, estatura al filo del quicio de la puerta, impecablemente vestido en un blazer inmaculado. Se sentó en el sillón de cuero verde, esquinado en la oficina de Weinstein al filo de la ventana que mostraba como pintura el paisaje entrañable de Manhattan, prendió un cigarro y entre la primera nube de humo, dijo como un susurro: *"I'm Bill Burton"*.

Tras un silencio instantáneo, Weinstein empezó a sudar con tartamudeos... *Who let you in?... What are you doing here?...*

Who are you?... This just can't be... Why is your name Bill Burton? Y el hombre, cruzando la pierna derecha, retrajo su mirada de la ventana y viendo directamente a los ojos de Weinstein, contestó: *You tell me.*

De la secreta fórmula con la que se esfuman los enanos de este mundo

Para Eliseo Alberto

Decía Augusto Monterroso que los enanos poseen un sexto sentido que les permite reconocerse entre ellos a primera vista. A menudo pondero esa máxima pues vivo convencido ante la posibilidad de que el día menos pensado tal vez se me conceda —para bien o para mal— amanecer enano. Aunque he consultado con expertos en la materia y conozco algunos libros especializados en el tema, no he dudado nunca que me podría tocar vivir un salto genético, un abrupto giro biológico, cuyo resultado sería amanecer de pronto con mis pies reacomodados a la altura de mis rodillas. Aclaro de una vez por todas que no tengo nada en contra de los enanos y que si pienso en la probabilidad de unirme a sus filas es precisamente por un sentimiento de solidaridad ante la extrañeza que le infunden al mundo, ese desconcierto milenario manifestado en los circos y otros espectáculos de bufonería a contrapelo de la innegable segregación que asegura que jamás llegará a ser Papa un clérigo menor al metro y medio de estatura. Incluso en los Estados Unidos, donde lo *politically correct* nos ha definido como *"vertically challenged people"* en vez del tradicional *"midget"* o el cinematográfico *"munchkin"* o *"dwarf"*, está claro que la *moral majority* jamás aceptaría a uno de nosotros como *Commander in Chief*.

El origen de mi obsesión, que en realidad nunca se me ha manifestado como recurrente pesadilla, se remonta al más entrañable de los deseos expresados por mi abuelo paterno. Él siempre quiso tener un nieto enano. Decía que le gustaría que se llamara *Goyo*, quizá con el Gregorio como nombre oficial, y que le sería de inmenso solaz y satisfacción mirarlo andar suelto y feliz en medio de este mundo sobre poblado por gigantes o por engreídos que se creen más altos de lo que son. A mis hermanas y primas les jugábamos la broma de vaticinarles, en cuanto anunciaban sus embarazos, que deseábamos que se cumpliera el anhelo del abuelo, postergado irremediablemente hasta el ahora en que vivo convencido de que me podría tocar vivir el milagroso transformismo que me convierta en enano.

Otro posible origen de mi obsesión se debe quizá al célebre caso del *Niño Mozart de León*, un fenómeno musical administrado por dos tías abuelas en Guanajuato que asombró a cientos de lugareños con sus proezas al piano. Un buen día mis tías solteronas anunciaron en plena junta semanal de las Hijas de la Vela Perpetua que habían hospedado en su casa a un "desconocido sobrinito de Orizaba que resultó ser un prodigioso pianista". Tendido ese anzuelo, mis tías empezaron a organizar recitales —donde evidentemente cobraban la entrada "para fines benéficos"— poblando el primer patio de su casa solariega de León primero con siete y luego hasta con dieciocho bancas en fila para los interesados y curiosos leoneses que pronto contribuyeron a diseminar la fama del sobrinito, ya conocido como *El Niño Mozart de León*. Nadie reparaba en la muy forzada disposición del escenario: las tías colocaban el piano en el tercer patio, a más de veinte metros de la primera banca, con lo cual tuvieron que pasar varios recitales sabatinos hasta que un astuto incrédulo descubriera que "el milagro del piano" se debía a un enano, que de niño no tenía nada, que llevaba treinta años de ardua experiencia sobre el teclado tocando en un burdel de la vecina población de Lagos de Moreno, Jalisco. Para asegurar el triunfo semanal de su impostura, las tías le depilaban las piernas y las patillas con cera de Campeche, lo vestían de marinerito y lo obligaban a excluir de su repertorio cualquier melodía del género vernáculo. En la familia nunca se supo cómo contrataron las tías a un pianista de burdel ni quién fue el atrevido espectador que lo reconoció casi a primera vista, sin importarle que al descubrir públicamente su identidad también se delataba como visitante de una casita de muñecas en Lagos de Moreno, Jalisco. Tampoco se hablaba del destino de las tías, que en cuanto se descubrió el engaño desaparecieron de León con todo y enano.

Lo cierto es que llevo varios años obsesionado en que mi secreto destino me convertirá en el mismo ser que soy, pero con un metro menos de estatura. Imagino, sin ningún fundamento racional, que así podré convertirme en el alma de las fiestas, que se ampliará el espectro maravilloso que me ha ofrecido el mundo hasta ahora y que, por un desconocido designio celestial, tendré a mis pies a muchas de las mujeres que no han sabido apreciar mis dones con la altura normal que he portado hasta ahora. No lo niego: pienso también que recuperaré la estatura y dimensiones que tuve de niño, como si así volviese al tamaño ya casi olvidado de mis ilusiones ilimitadas. Por lo mismo, considero que de volverme enano aspiro a una forma, no la única, pero sí la más probable anatómicamente para lograr la inmortalidad.

Se me ha vuelto costumbre preguntar a hermanos, primos, parientes y amigos: *¿Me seguirías queriendo y tratando igual como hasta ahora si de pronto amanezco enano el día menos pensado?* A lo largo de los años recientes he recibido respuestas encontradas: tres hermanos y dos hermanas han declarado con toda honestidad que les sería tremendamente difícil mantener una relación fraterna conmigo si llegase a suceder el milagro (sinceridad que ha provocado que mi relación con ellos se enfriara notablemente); otros dos hermanos y una hermana han afirmado enfáticamente que mi repentino encogimiento no reduciría en lo más mínimo el afecto que me han profesado hasta la fecha (por lo que, sobra decirlo, me he unido más a ellos, sobre todo en fechas navideñas) y catorce de mis cincuenta y dos primos han manifestado la misma solidaridad. Llama mi atención el promedio de respuestas negativas que he recibido a mi pregunta por parte de amigos que creía incondicionales y de no pocos compañeros de trabajo que pensé me serían leales y solidarios hasta en el aún no cumplido anhelo de reducirme en tamaño. Parece mentira que mi viejo compañero en la Secretaría de Devoluciones Fiscales, Óscar G. de M., me haya espetado que de convertirme en enano sería capaz no sólo de negarme el saludo sino de denunciarme ante la Liga de la Decencia Burocrática como "facineroso y pervertido"; más aún, el Jefe de aquélla oficina de Devoluciones Fiscales (de donde sospecho fui despedido por la desconfianza que sembró mi sutil obsesión), Don Pascual de la C. y B., llegó a decirme casi a gritos, "¡Si te volvieras enano, te agarraría de los tobillos y del cuello de la camisa para improvisar un torneo de boliche aquí mismo en el pasillo de la Secretaría!".

A pesar del desánimo que me espera en el mundo laboral cuando mi cuerpo se encoja, he logrado mantener sin mayores problemas y durante los dos últimos años un empleo digno como representante nacional de una afamada distribuidora de ron cubano. Mis múltiples viajes por la República me han concedido largas horas de reflexión, ya sea al volante de mi Volkswagen (al que le podría mandar adaptar sus pedales a la estatura corta que me espera en el futuro) o bien en autobuses de línea (donde he calculado que como enano encontraré mucho mayor confort en sus asientos reclinables). Durante esos largos trayectos he pensado mucho en la posibilidad de escribir lo que será un testimonio deslumbrante para los anales de la humanidad: seré el autor de la única vera crónica de un milagro genético inconcebible hasta ahora. En esta época en que se han acelerado los acontecimientos en materia de transplantes, clonaciones y prótesis electrónicas, ¡¡¡Yo seré el único ser humano que pueda narrarle al mundo las maravillas, hasta ahora inéditas, de volverme enano habiendo medido casi dos metros de estatura en mi vida anterior!!! Mi libro abundará en elogios en torno a lo minúsculo y las miniaturas, pondrá en perspectiva toda monumentalidad, aliviará las pretensiones de los adictos a toda forma de lo grandioso, desengañará a los ilusos obsesionados con todo lo grande y orientará a las nuevas generaciones hacia la comprensión y construcción de un mundo en donde realmente importen las pequeñeces, los mínimos detalles, las minucias que nos distinguen del reino animal y demás observaciones microscópicas que nuestra engreída estatura pasa por alto (nunca mejor dicho).

De acuerdo: un psicólogo y dos psiquiatras me han advertido del notable peligro emocional que supone mi obsesión. Según ellos, la ciencia apunta al diagnóstico de que se ha trastocado mi autoestima, por un lado, y que se elevará a la enésima potencia la soberbia incontrolable de mi ego; de volverme enano dicen, me convertiré en un ser insoportable ("capaz de sentirse el rey del mundo"), y aseguran que el cambio brusco de alturas y dimensiones, me sumirán en una depresión al sentirme minúsculo ante los otrora semejantes y parejos. Digamos que acepto sus advertencias.

También he tomado nota y consideración de las observaciones que me ha confesado Diego el Alto, portero del equipo de fútbol en la liga Suburbana, donde jugué de medio de contención hasta la temporada pasada. Dejé de jugar precisamente porque al preguntarle a mi equipo sobre mi posible conversión en enano todos, menos Diego el Alto, contestaron entre carcajadas que "sólo podrías alinear en una liga infantil" y empezaron a llamarme "El Shori", apodo deleznable. Probada su lealtad, Diego el Alto sin embargo ha externado en no pocas sobremesas y charlas en cafés de prestigio su preocupación en torno a las condiciones específicas de mi posible encogimiento anatómico: "Si te vuelves un bajito de proporciones a escala me será más fácil mantener nuestra amistad, pero confieso que me será tremendamente difícil continuar con nuestras charlas en lugares públicos si has de convertirte en liliputiense desproporcionado, de los que tienen una cabezota sobre un torso infantil o el arco de las corvas en exagerada similitud con una herradura de carne y hueso". A no pocas mujeres les preocuparía lo mismo, según él, ya que si he de enanizarme sin merma de mi virilidad no hay ninguna duda de que lograré realmente ser feliz, pero si al despertar hecho un enano me reencuentro de pronto con mi anatomía infantil correré el peligro de ser acosado por pederastas y pervertidos. Me consuela la advertencia que me confiere mi hermano Nacho cada vez que tocamos el tema: según él, me espera la felicidad total por el sólo hecho de que no hay enana con las nalgas planas.

Dicho todo lo anterior, quiero compartir un hallazgo reciente que ha insuflado con renovadas esperanzas mi ilusión de reducirme en tamaño. En mi visita mensual al Tres Veces Heroico Puerto de Veracruz, en donde la compañía de ron cubano que represento tiene ya anclado un mercado considerable de clientes fijos, tuve oportunidad de inaugurar contrato con "Lichi's Bar", un santuario de música y jolgorio, cuya filiación al Mojito, Daiquiri y Cubalibre garantiza para mi empresa una prometedora relación comercial en números negros. Al negociar con el dueño, un cubano de los que cantan montuno al hablar, sentí una rara confianza instantánea que me incitó a preguntarle (no sin antes haber degustado en su grata compañía media botella del ron que represento a nivel nacional) la duda metódica ante mi posible enanismo, la ya clásica *¿Me seguirías queriendo y tratando igual como hasta ahora si de pronto amanezco enano el día menos pensado?* que tanto bien ha arrojado sobre mis relaciones familiares y sociales.

Aunque soltó una carcajada inmediata, quizá extrañado por lo que parecía una broma, Lichi se dio cuenta muy pronto de que mi pregunta era en serio y sobándose el antebrazo izquierdo se me quedó mirando fijamente, al tiempo que se servía otro trago de ron con pocos hielos, como si se preparase a compartir un evangelio."Mira enano...", me dijo y su piel se volvió como una capa fina de arena ocre tostada por el sol, "¿has asistido tú al entierro de un enano? ¿Has escuchao a alguien que haya sistío alguna vé, en algún lugar, a ló funerale de un enano? Pues óyeme bien: yo me he pateado medio mundo haciéndole precisamente esas preguntas a los más raros interlocutore que te puedas tu imaginá... Pero una noche, en el Puerto de Barcelona, luego de una juerga larga con baile y carcajá abierta, le pregunté a una amiga que era trapecista en un circo si alguna vez había asistido a las exequias de un enano y ella, quizá un poco aligerada por el alcohol, me confesó de la secreta fórmula con la que se esfuman lo enano de este mundo...Me lo dijo entonse: llegado el momento, lo enano se van por una vereda o en medio de la calle má agitada en cualquier ciudá del mundo y, de pronto, se abre un telón... y por allí se escapan".

Siete unos

Para Ricardo Cayuela

El escenario y sus circunstancias, aunque verificables, parecen absolutamente inverosímiles, pero en su momento fueron habituales: dos Juanes y dos Diegos que cada domingo por la tarde se reunían puntuales a ejercer el ritual de una partida de dominó. Hubo jornadas que transcurrieron en silencio y, por lo menos una, donde el juego desplegó el ir y venir de las fichas mientras los cuatro oían, sin necesariamente escucharlo, el tango Uno como música de fondo, un telón místico donde la voz de Gardel se volvía un lejano bálsamo entrelazándose con las pocas voces que exige una buena partida de dominó y con el ruido inconfundible de esa sola ficha que cae sobre la mesa como una lápida de mármol en miniatura.

La trama, si bien es simple, no queda exenta de misterio, de ese azar indescifrable que marcó un cruce de destinos, quizá, sin que alguno de los cuatro jugadores en cuestión se diera cuenta. Si acaso, habría que agregar que uno no siempre percibe los dictados de su destino, sino quizás algunos aromas apenas perceptibles que nos llegan —como un viento ligero— desde el futuro desconocido que nos depara la vida. Lo saben bien los que acostumbran el ritual de la ficha: el dominó conjuga una rara matemática que no necesariamente podría calificarse de precisa, pues al número aparentemente finito de sus piezas habría que agregar las combinaciones infinitas que no siempre logra calcular el más diestro de sus jugadores. Entre los dos Juanes y dos Diegos que ocupan el recuerdo de esta historia habrá que conceder que hubo más de un domingo en que parecería que se sabían interlocutores de un misterio; cuatro a la mesa donde repetían semana a semana el azaroso rito de lo circunstancial, sin preocuparse por las posibles patrañas que acostumbra jugar el destino o los pormenores y minucias de la realidad circundante. Se reunían a jugar y ya está. Un pacto banal, aunque en la mente de quien ahora los invoca parecería sustentarse la trama de un tratado literario; un acuerdo consuetudinario, ligero. Dominical.

Si acaso, hubo domingos en que alguno de los Juanes o un Diego elegían aderezar la partida con referencias a las magias inherentes del juego mismo. Está el domingo, por ejemplo, en que uno de los Diegos ponderó a manera de ensayo verbal que no dejaba de ser enigmático el remoto origen o la incierta costumbre de ir acomodando en escaladas numéricas las fichas talladas en hueso y marfil, con pequeñas incrustaciones de ébano…

—"Será porque en francés se le llamó 'dominó' a la caperuza negra con forro en blanco que usaban los frailes en invierno", alcanzó a decir el otro Diego antes de que uno de los Juanes interrumpiera, con cierta vehemencia:

—"No estoy muy seguro de que el nombre le venga de ahí… Se sabe que el juego se inventó en China hacia el año 1000 y que venía de la India…".

—"…sí, pero llegó a China —completaba el otro Juan— como derivación de los dados cúbicos y, para tal caso, se sabe que el nombre de la máscara de los carnavales se llama dominó, por razones al revés: porque es blanca con rombos en negro, o bien negra con cuadrantes blancos, y se le llamó dominó precisamente por su parecido con las fichas y no porque el atuendo antecediera al juego".

Está también el domingo en que alguno de los Juanes —quizá por haberse preparado con la lectura de algún tratado leído en la biblioteca— informaba a los demás que las fichas del dominó chino representaban originalmente alguna de las veintiún combinaciones posibles al arrojar un par de dados y el domingo en que uno de los Diegos agregó que los antiguos chinos también habían llegado a dividir las advocaciones del juego en dos: militar y civil, como si el juego pudiese alentar el azar de sus combinaciones numéricas con dos clases de implicaciones vitales. La discusión en ese domingo derivó entonces hacia un cuarteto entretenido donde las voces abogaban en pro o denostaban en contra de la posible interpretación de su juego como un torneo a escala entre ejércitos combatientes o una minúscula representación de la vida humana.

Aquí es el momento oportuno para agregar un dato inexplicable en términos numéricos, aunque no exento de cierta ponderación en la teoría de las probabilidades. Sucede que el padre de uno de los Diegos, poeta y cineasta de prestigio, había dirigido un largometraje —años antes de que se reuniera el cuarteto que nos ocupa— y había ofrecido a uno de ellos, Juan, un papel en silla de ruedas. Escritor de párrafos desafiantes y afiliado a la literatura sin ambages, Juan aceptó el papel sin saber que la vida o el destino —años después de la exhibición de la película— le depararía el crucigrama enredado de jugar dominó cada domingo postrado precisamente en una silla de ruedas por una enfermedad inesperada, e impredecible, que no alteraría en un ápice su enigmática sensibilidad artística, aunque mermase sustancialmente las circunstancias anatómicas de su movilidad. El papel que actuó en la película sería entonces no más que un aviso o ensayo de la vida que le esperaba, sentado en una silla de ruedas, domingo a domingo, aunque tampoco estuviese predicho ni prefigurado que el ritual semanal del dominó conjugaría la presencia de su hijo, el otro Juan, editor de elegantes libros de arte. Creo ya haber dicho que el cuarteto lo completaban Diego, hijo del poeta y cineasta, también editor de libros elegantes, literaturas de altos vuelos y catálogos minuciosos y el otro Diego, editor de todo párrafo posible, hacedor de cajas donde contiene arquitecturas y filosofías en miniatura, dibujante y pintor de paisajes utópicos y, además, portero de un prestigiado club de fútbol.

Escrito el párrafo anterior, el lector quizá comprenderá entonces las circunstancias del domingo en que Juan, el escritor, abogó por la endeble teoría de que el dominó fue un juego originario de los mayas, por aquello de la invención del cero y su representación sin puntos en las fichas del juego. Está también el domingo en que Diego, el editor, apeló a la noticia de que hasta que llegó a Italia en el siglo XVIII el juego que los embelesaba domingo a domingo adquirió posibilidades de verdadera belleza a lo que Juan, el editor, refutó con algunas citas para ensalzar la estética superior de las fichas chinas, más alargadas, o el atractivo primitivo, quizá incluso simple, de un dominó egipcio llamado desde tiempo de los faraones "Chuti Mul" o "Siete Mulas", por haber introducido a orillas del Nilo no solamente el concepto del cero (quizá al mismo tiempo en que, al otro lado del mundo, los mayas ya lo ejercían en sus cuentas), sino además la medida del sistema métrico decimal, tal y como lo conocemos hasta el día de hoy. Ese mismo domingo, Diego, el portero y artista plástico, agregó con cierta filosofía que lo que sí parecía una exageración aberrante era el llamado dominó cubano, al incluir la duplicidad del número nueve, doce o quince, multiplicando ad libitum el orden incontestable del Universo, "de por sí, infinito".

Hubo entonces el domingo en que Juan, el escritor, evocara desde su silla de ruedas el raro poema "Te honro en el espanto" de Ramón López Velarde. Empezó a recitar los primeros versos, sin que los tres acompañantes entendieran o precisaran de alguna explicación, dejándose apresar por la poesía sin que se moviera una sola ficha sobre la mesa. *Ya que tu voz, como un muelle de vapor, me baña/ y mis ojos, tributos a la eterna guadaña,/ por ti osan mirar de frente el ataúd;/ ya que tu abrigo rojo me otorga una delicia/ que es mitad friolenta, mitad cardenalicia,/ antes que en la veleta llore el póstumo alud;/ ya que por ti ha lanzado a la Muerte su reto/ la cerviz animosa del ardido esqueleto/ predestinado al hierro del fúnebre dogal,/ te honro en el espanto de una perdida alcoba/ de nigromante, en que tu yerta faz se arroba/ sobre una tibia, como sobre un cabezal;/ y porque eres, Amada, la armoniosa elegida/ de mi sangre, sintiendo que la convulsa vida/ es un puente de abismo en que vamos tú y yo,/ mis besos te recorren en devotas hileras/ encima de un sacrílego manto de calaveras/ como sobre una erótica ficha de dominó*. Silencio de estupor, aunque no hubo aplausos, las fichas que empezaron a rondar ruidosas sobre la mesa aparentaban lo más cercano a una ovación cuando las manos de los Diegos y de Juan, el editor, sellaron la recitación con un ánimo muy parecido a la admiración, aunque no tuviera el momento eso que se conoce como una explicación racional.

Como un puente de abismo en el que iban los cuatro jugadores en torno a la mesa, la partida de ese domingo proseguía como si nada, aunque cada pase de manos parecía llevar el eco de alguno de los versos. Cada uno de los jugadores imaginando su propia devota hilera de besos o la cerviz animosa del ardido esqueleto; alguno tiró la doble Cinco pensando en la armoniosa elegida de su sangre, mientras otro, desechaba la incómoda mula del Seis como un simbólico tributo a la eterna guadaña y entre el silencio compartido, todos, quizá honrando en el espanto la indeclinable filiación semanal a una erótica ficha de dominó.

Así como en las cantinas se ha configurado, al paso de las generaciones, una serie de letanías que acompañan a la puesta en juego de cada una de las fichas de dominó, así la partida dominical que nos ocupa en esta historia se volvió afecta a la evocación de versos sueltos de López Velarde para cantar determinados giros sobre la mesa. A contrapelo del borracho que puede espetar que suelta "la más cacariza" al golpear la mesa de una cervecería con la doble Seis, en el juego de los Juanes y los Diegos se llegaba a escuchar como sinónimo de la mula del Uno: "aquí van mis ojos, tributos a la eterna guadaña" o "Ya que tu voz, como un muelle de vapor me baña" para anunciar que se ponía en juego la blanca doble, precisamente para instalar un silencio.

Llegó el domingo en que Juan y Diego, editores, lograban mano tras mano, ronda tras ronda, una aplastante partida tras otra por encima de los esfuerzos de Juan, el escritor y Diego, el portero filosofal. Ni guiños ni versos lograban telegrafiarse Juan, desde su silla de ruedas, y Diego desde la resignada conciencia de la derrota (ya conocida por él ante el cobro de algún penalti) y sus miradas llegaron a confundir cuál de los dos llevaba la mano ante el repetido asedio de los otros Juan y Diego.

De pronto, como una rima intempestiva, Diego el portero artista y Juan el escritor de párrafos implacables empezaron una recuperación de puntajes que podría dignificar la suma final de ese domingo, cuando empezó a sonar con insistencia el timbre de la puerta. Juan el editor, se levantó para ver quién era, y volvió informando que se trataba de un impertinente que insistía en hablar con Juan, el escritor, para cumplir una supuesta entrevista pactada previamente. Al volver a la partida, y confiarle a los demás que le había dicho al interfecto que su padre no se hallaba dispuesto y que no había considerado conceder entrevista alguna, volvió a sonar el timbre en lo que parecía ya una insistencia necia. Mientras Juan, el editor, volvía a la puerta para encarar al tenaz impertinente, Juan, el escritor pidió a los Diegos que lo movieran con todo y silla, con todo y mesa, con todo y fichas, al rincón más apartado del jardín, para esconder todo el escenario "por si el energúmeno, que aquí nadie ha invitado, insiste en buscarme".

Disuadida la amenaza de una interrupción innecesaria (aunque el periodista de marras se fue gritando improperios) los dos Juanes y los dos Diegos reanudaron la partida, justo en donde la habían dejado: en el ánimo —que creo haber ya apuntado— con el que parecía recuperarse la pareja que había soportado, hasta ese momento, el sabor de una derrota tras otra. Moviéndose nervioso, Juan el escritor, desde su silla de ruedas parecía ordenarle a Diego, el filósofo futbolista de cajas artísticas, que ni se le ocurriera intentar dictar la mano para la siguiente ronda, pero éste al levantar en bloque las siete fichas para la nueva ronda —cobijándolas celosamente con las palmas extendidas de sus manos— no hizo caso y descansó en pleno centro de la mesa la Uno-Seis. Juan, el editor, sentado a su derecha jugó con lo que pudo por el lado del Seis; Juan, desde la silla de ruedas siguió la misma ruta, tirando una ficha que sumaba ocho puntos y Diego, el editor, no tuvo más preferencia que pasar. Entonces, Diego el portero, filósofo de axiomas imposibles, hacedor de miniaturas y conjeturas inverificables, cerró la partida y se fue solito, tirando Unos tras Unos que trazaron sobre la mesa un camino serpenteante como metáfora del triunfo con el que se emparejaba ese domingo. Siete Unos que provocaron la aliviada sonrisa de Juan, el escritor, en su silla de ruedas al tiempo que los otros Juan y Diego sumaban, no sin desconcierto e incredulidad, los muchos puntos que se les habían quedado en las manos.

Pasaron muchos domingos, y las vidas de cada uno de los Diegos y los Juanes fueron acomodándose hacia diferentes derroteros, e incluso geografías distantes. Solamente quedaron en el recuerdo compartido por los cuatro jugadores las partidas de aquellos domingos inolvidables: la tarde en que uno de los Juanes habló del juego del Mah Jong que tanto furor causó en Nueva York en tiempos de los gángsters en blanco y negro o la mañana dominical en que uno de los Diegos afirmó que le parecía una irreverencia suprema la popularidad e importancia que se le daba en la televisión a los concursos de derrumbamiento de fichas de dominó en cadena, "como si tuviese gracia ver el desplome del azar en cascada". Desde luego, la tarde de los "Siete Unos" quedó fijada en la memoria de los cuatro jugadores como la más enigmática, si no es que mágica, y diríase que feliz de las anécdotas compartidas, si no fuera porque años más tarde, un domingo que parecía cualquiera, Diego el artista de la portería que filosofaba en el reino del área chica del fútbol, jugaba una partida de dominó ocasional en el Puerto de Acapulco contra un turista finlandés llamado, para colmo de esta historia, Jukka, que insistía en ganarle a cada ronda.

Así como en algún lugar del universo estaba escrita en letra ilegible la secreta sentencia del azar con la que Juan, el escritor, habiendo actuado en una película un papel que exigía silla de ruedas quedaría después confinado a una silla de ruedas para el resto de su vida, así también Diego, el filósofo de las cajas, veía incrédulo cómo levantaba seis Unos en una mesa de Acapulco, sin que Jukka, el finlandés que le quedaba enfrente, pudiese sospechar que sería inminente víctima de una derrota fulminante. Como un tiro penal, pero ejecutado por el propio portero. Un fusilamiento y por eso, evidentemente, pidió abrir y al colocar sobre el centro mismo de la mesa —con toda intención implacable— la contundente mula de Unos que avisaba su victoria, tuvo el caballeroso gesto de advertirle al finlandés "Esta no es la primera vez que me toca algo así… Hace años me tocó casi la misma mano, aunque ahora me falta un Uno para que fuera exactamente la misma…", pero lo interrumpió su mujer a la mitad de la frase. Con la cara desencajada, le extendió la bocina de un teléfono, advirtiéndole con voz triste: "Te llaman de México...Acaba de morir tu amigo, el escritor Juan García Ponce".

Algunos cuentínimos

El gran circo de la Ciudad de México

Hay muy buenos malabaristas, increíbles tragafuegos, enanos disfrazados y payasos de encendidos maquillajes con pelucas multicolores. Hay un mago que saca un conejo de una bolsa de terciopelo y una paloma inmaculada de su vieja chistera. Hay merolicos, saltimbanquis y gimnastas de todas las edades. Los únicos que no vienen a cuento son los que lavan el parabrisas.

Azul profundo

Al llegar a la profundidad pactada, el guía caribeño sugirió al grupo de buzos que se quitaran los visores y que se desprendieran de los tanques de oxigeno. Como un enjambre de abejas sin panal, como peces sin rumbo, el grupo de turismo submarino se halló de pronto flotando entre las nubes, con el estorbo de sus aletas, sin el consuelo de un paracaídas y envueltos en el vértigo de una caída irrefrenable.

La fatiga

Para Augusto Monterroso

Luego de doce horas en vuelo, el viejo cerró su libro y se bajó de la hamaca.

La custodia

Dicen que todas las noches la bibliotecaria cierra *Moby Dick* para que no se moje la alfombra; guarda el *Quijote* para que no deambule Don Alonso; pone en su caja las *Cartas* de Cortés y el mamotreto de Bernal Díaz del Castillo para que cesen los gritos; recoge las gafas de cualquier Quevedo; revisa que el Dante esté apagado, cierra todas las puertas del *Madame Bovary* e impregna de insecticida *La metamorfosis* de Kafka.

Los misterios de Sofía

De las siete hermanas de mi abuela, Sofía era un auténtico encanto. Era, además, una mujer cuya belleza despertaba el anhelo inmediato por haberla conocido cuando era joven: las fotografías no mienten… era un monumento.

Sofía murió en brazos de una enfermera en un hospital de Oaxaca. Tenía noventa años, recién cumplidos. Dos años después, me la encontré en un bar de Madrid… las fotografías no me dejarán mentir.

*

Anoche, llegué a las manos conmigo mismo. Discutí ante el espejo y terminé por enviarme a dormir al sofá, como regañado. Ya no me aguanto.

*

Nadie lo sabe, pero la vecina del tercer piso está perdidamente enamorada de mí. Desde que me mudé a mi departamento del primero izquierda, la observo desde el balcón cuando llega de dejar a las niñas en el colegio y cuando sale a media mañana para comprar sus mandados. Sé por el buzón que se llama Gertrudis, pero para mí es Ángela y juro que no me acuerdo del nombre ni apellido de su ingenuo e inepto marido. De hecho, ni lo conozco. Jamás visto.

Ángela es un sueño con el que despierto todos los días. La miro desde el balcón con el primer café de la mañana y celebro —un día sí y otro también— que vuelva de despedir a sus hijas con el propósito hasta ahora inquebrantable de no mirarme. Yo sé que no voltea para mi balcón porque lo suyo es la discreción, el total hermetismo ante los demás vecinos y el mundo entero, pues nadie lo sabe ni sospechan, pero está claro que Ángela vive perdidamente enamorada de mí, sin que le tenga yo que enviar cartitas de amor en correspondencia a su infatuación, sin que podamos amarnos libremente y a pierna suelta hasta las horas de las comidas, sin que sepa—incluso— en dónde vivo y quién soy, porque ella me ama enloquecidamente sin que sepa, además, que yo lo supe desde el día en que me mudé a mi departamento del primero izquierda, con el balcón a la calle, para poder mirarla… y nada más.

*

Me cayó mal desde el primer día que llegó a la oficina. Su cara de sabelotodo, su andar liviano y su título de recién egresado de la universidad. Fue un pedante desde el primer día y sin ningún mérito que lo justificara, el jefe lo metió al proyecto en que yo había dejado tirada media vida. Allí empezó a cagarme los güevos.

Así que llegó el día en que quiso pararse el cuello delante del jefe y en plena reunión del departamento empezó a largar como si él, y solamente él, fuera responsable del éxito que acababa de lograr la empresa con la conclusión de mi proyecto. Mí proyecto. Así que delante de todos —aunque nadie se dio cuenta— saqué un revólver del cajón derecho de mi escritorio y le metí cinco balazos en el pecho y un último tiro en plena cara que lo dejó desfigurado para siempre. Desde luego, él fingió que se le llenaban de lágrimas los ojos con los aplausos de todos los compañeros y el espaldarazo que le daba en ese momento el jefe, pero yo me quedé contento con lo que acababa de imaginar.

*

Tienes un departamento amueblado con austeridad y un cuerpo soñado. Tienes una voz que destila sensualidad y el sillón más cómodo del mundo en el rincón de tu sala. Cerca de la ventana estará siempre esa jarra —que alguna vez sirvió vino— habitada casi todos los días por esas flores moradas que no sé cómo se llaman.

Tienes las piernas con las que sueño al caminar todos los días a la oficina y he intentado recrear tu cintura con el juego que acostumbro jugar con mis almohadas. Tienes un rostro perfecto que podría tomar vida propia en la fotografía que tienes enmarcada en el pasillo, justo al lado de la puerta del baño.

Tienes todo lo que siempre había deseado encontrar en una mujer. Tenemos toda la vida por delante. Tienes entonces, una cita, aunque yo solamente tenga la posibilidad de inventarte.

*

Según los médicos, consta que la muchacha se quedaba profundamente dormida, siempre, cada vez que leía, y en el preciso instante en que leía, el cuarto párrafo del cuento "El libro de arena" de Jorge Luis Borges. Consta también que la única ocasión en que la muchacha se despertó con el preciso recuerdo de lo que había soñado, su relato concordaba —palabra por palabra— con cada uno de los párrafos escritos por el argentino, jamás leídos por la muchacha.

*

En la antigua estación de trenes Plaza de Armas de Sevilla hacía yo una larga e injustificada espera. Faltaban cuatro horas para que saliera el tren que habría de llevarme de vuelta a Madrid y hasta la fecha desconozco por qué no aproveché mejor mis últimas horas en Sevilla. Caminar por la Sierpes como si fuese una despedida o brindar una última copita de fino bien frío en Los Tres Reyes, frente al Hotel Bécquer, donde se visten los toreros modestos. Incluso, pude haber entrado a la Catedral para rezar de no sé qué manera por la liberación de mi alma o dejar que una gitana me leyese la mano por comprarle un clavel carísimo.

Pensaba en esas cosas sentado en la banca de esa ya olvidada estación de trenes cuando vi descender de un vagón recién anclado en el andén a un hombre insignificante, cuya gabardina recordaba el atuendo de los antiguos espías. Era de mediana estatura, bigote sin adjetivos y una visible resignación a sobrellevar su incipiente calvicie sin recurrir al amparo de una gorra. Se veía tranquilo, quizá por lo ligero de su equipaje y parecería que volvía a Sevilla de un exitoso pero mediocre viaje de negocios. Parecería que lo esperaban en casa una mujer abnegada, dos críos ya dormidos y un perrito deleznable, pero al pasar frente a mí —en el instante exacto en que ocupó el espacio más íntimo de mi mirada— lo maté. Saqué un cuchillo de la nada y le cercené el cuello. Si no fuera por los huesos de la tráquea, su cabeza habría rodado hasta los rieles. La sangre le brotó a borbotones; quizá se trataba de su yugular. Me le quedé mirando a los ojos, mientras el hombre siguió su camino, sin alterar el paso, andando feliz por haber llegado a Sevilla, de vuelta al tedio y la costumbre de sus quehaceres cotidianos. Lo vi alejarse, feliz con su vida.

Ventana o espejo

Al realizar el intento por reunir una digna antología procuré ejercer mesura, aunque por el resultado no lo parezca. Sin embargo, mi atrevimiento pudo haber sido peor: descarté incluir muchos relatos y cuentos, piedras y piedritas (y no pocos escritos que ahora no son más que pesados pedruscos o piedrotas) y decidí obviar cualquier delirio escrito antes de haber cumplido veintiún años de edad. Fábulas infantiles, cuentitos moralitos y simples, y muchos juegos que intenté de niño y adolescente, en inglés y en mal español, quedan por ahora en sano olvido. También quedaron fuera muchos cuentos, seriados por entregas semanales, que escribía y leía en voz alta durante el último año de preparatoria que terminé en 1980; si acaso y en su abono diré que narraban las aventuras e increíbles investigaciones de un enloquecido detective privado que quizá resucite en una futura novela.

Descubro que muchos textos escritos no habían pasado de ser manuscritos en cuadernos ahora viejos o en hojas sueltas. La labor de transcribirlos me permitió intuir que quizá uno mejora como escritor al paso de los años y, por ende, corregí errores y erratas. También descubro que no pocos cuentos se han perdido para siempre, que no tuve el cuidado de guardar ni siquiera los borradores a mano o las hojas corregidas con tantas tachas que tenían que repetirse en la vieja máquina de escribir Olivetti Lettera 25; eran otras épocas y padecía otro tipo de vértigos. Por lo mismo, hubo cuentos que llegué a publicar cuando ingresé a la UNAM (inscrito en la Facultad de Economía, aunque terminé de oyente en Filosofía y Letras) en el mismo año 1980, ya en revistas efímeras, fotocopias malísimas u hojas mimeografiadas que se disolvían al pasar de mano en mano…

"El fuego clásico" se publicó el 28 de noviembre de 1983 en el periódico (que posteriormente se convertiría en revista) *Opción*, a la sazón órgano de comunicación del Consejo de Alumnos del Instituto Tecnológico Autónomo de México (ITAM).

"Irse de pinta" se llamó originalmente "Se fue de pinta al parque" y se publicó en *Opción* el 4 de diciembre de 1984, habiendo obtenido (a mucha honra) el Tercer Lugar del Concurso Universitario de Cuento.

"Latiratura literoamericana" se publicó el 11 de mayo de 1985 y es una de varias muestras de cierto tipo de invento delirante que, al parecer y por lo menos, resultaba divertido además de irreverente.

"Eso que se diluye en los espejos" se tituló originalmente "El crimen perfecto" y fue el primero de una larga lista de historias que he enviado, sin éxito alguno, al Premio Internacional de Cuento Juan Rulfo de París, Francia. Lo escribí en 1984, aunque no logró publicarse en libro hasta 2005.

"Un romance antiguo" se llamaba originalmente "Romance" y se publicó en *Péndulo*. Revista de creación y re-creación del ITAM, en marzo de 1992, habiendo regresado de mi primer aventura por doctorarme en Madrid al ITAM... pero ya en calidad de profesor.

"El huevo de Colón. Crónica de un viaje trasatlántico" se publicó el 7 de febrero de 1993 en El Semanario, suplemento cultural del periódico *Novedades*, dirigido por José de la Colina. Por la desaparición de ese diario, y su inexistencia como archivo en Internet, no pude localizar otros cuentos que también fueron generosamente publicados allí. Debo a Adolfo Castañón la idea de haber convertido en cuento lo que, en realidad, no es más que el relato verídico de un increíble (o quizá no tan increíble) vuelo en Iberia. Debo también a Juan José Reyes no pocos consejos y encargos de aquella bella época de El Semanario en *Novedades*, y allí también iniciaba sus andanzas el joven Noé Cárdenas y tantos otros escritores que conocí entre cerros de cuartillas y olores de linotipo, pero sobre todo (ya lo he dicho y lo repito aquí) considero a Pepe de la Colina mi Maestro... me enseñó a leer a Galdós, me contagió Buñuel y no caben aquí todas sus enseñanzas. Confirma su magisterio el haberme también publicado en El Semanario "La desaparición de las urnas" el 12 de septiembre de 1993, un cuento anclado en el territorio entrañable de la memoria, familiar y guanajuatense, que pronto quedará reunido con otros relatos más o menos autobiográficos en un obligado librito de cuentos que pienso dejar como una constancia más de mi admiración o intento de imitación de la literatura de Jorge Ibargüengoitia. Además, "La desaparición de las urnas" aparece aquí como guiño que distingue a la presente edición, pues en la edición de Colima de este montón de piedras no alcanzó a entrar ese cuento precisamente porque acaba de reaparecer, por pura agua de azar, entre un montón de papeles viejos. Sucede que todos los relatos, milagros, notas, asteriscos, reseñas, ensayos, cuentos, adelantos de novelas y demás textos que llegaron a desfilar por las páginas de El Semanario del ya extinto periódico *Novedades* se han perdido en la noche de los tiempos y ni quién se anime a informatizar papeles amarillos que se pierden ahora como otoños secos en las hemerotecas sin luz.

Diego García Elío editó mi primer libro de cuentos *En las nubes* en 1997, en la prestigiosa colección *Hora actual* de su sello Ediciones El Equilibrista en coedición con el Consejo Nacional para la Cultura y las Artes. Allí se recogen "El huevo de Colón", así como "El rey del mambo-mariachi" y "Creo en ti" dos relatos de una veintena que fueron publicados, gracias a Carlos Somorrostro, en la revista *Vuelo* de Mexicana de Aviación. Da título al libro "En las nubes", cuento basado en una de las muchas andanzas verídicas de mi padre, que ahora se encuentra precisamente allí.

"El laboratorio de Rosendo Rebolledo", "El taxi de Patrimonio Balvanera", "Las infusiones de Wang Feng" y "Pasado en falso" se publicaron dentro de la columna *Espejo de historias* del suplemento cultural El Ángel del periódico *Reforma*, entre noviembre de 1993 (al fundarse el diario) y abril de 1996, cuando renuncié al considerar que ya había agotado todas las posibilidades de cuentear apócrifas historias de historiadores inexistentes. Aunque fábulas simples y propensas a delirios y boberías, muchos historiadores, historiógrafos y lectores en general se volvieron fieles y asiduos (muchos, salvo un honesto taxista que llegó a decirme —por azar pues desconocía que yo era el autor: "es la columna más insoportable para mis lecturas de domingo"). A contrapelo, entre 1995 y 1996 fui invitado varias veces a leer las falsas semblanzas de historiadores inventados en una estación de radio; tanto locutores como técnicos celebrábamos —no sin sorpresa y asombros— las llamadas del público donde los radioescuchas sugerían patentar los inventos inverosímiles e imposibles que aparecían en esos cuentos, o peor aún, aseguraban conocer personalmente a los historiadores inventados. Mejor aún, al año de haber clausurado el espejo de esas historias, Carlos Monsiváis me sugirió la posibilidad de juntar algunas en un libro y él mismo seleccionó la media centena de esos cuentos que se reunieron en el libro *Espejo de historias y otros reflejos* que tuvo a bien publicarme Editorial Aldus en el año 2000, siendo los "otros reflejos" algunos artículos publicados en el periódico *El País* de España. De la feliz época en que fui honrado como miembro fundador e integrante del Consejo Editorial del suplemento cultural *El Ángel* conservo con gratitud lo mucho y bueno que aprendí de Christopher Domínguez Michael, Gerardo Kleinburg, Fernando de Ita, Andrés Ruiz y Rosa María Villarreal, a quienes agradezco de veras su intacta amistad.

"Noche de ronda" obtuvo el Premio Nacional de Cuento "Efrén Hernández" en el año 2000 y ha sido convertido en radionovela, así como queda a la espera de próximamente volverse cortometraje cinematográfico. Fue publicado por la Universidad de Guanajuato en una edición conmemorativa del premio obtenido y luego incluido en el libro *Escenarios del sueño*, editado gentilmente en 2005 por Miguel Ángel Echegaray, para la entrañable Colección El Guardagujas de la Dirección General de Publicaciones del Consejo Nacional para la Cultura y las Artes. Allí se reúnen no pocos cuentínimos (de ciudades, escritores y tramas al vuelo), junto con "Sueños trenzados" que no es más que transcripción y recuerdo de mi abuela María de Lourdes, así como el ya mencionado "Eso que se diluye en los espejos".

En el año 2000 pasé a formar parte de *Mileniodiario*, donde publico hasta el sol de hoy la columna semanal *Agua de azar*; a lo largo de esta década he aprovechado también más de un jueves para publicar ocasionalmente cuentos sueltos que no fueron considerados para la presente antología.

Me honra conservar dos cartas de Salvador Elizondo donde elogia y celebra "Un farol en la noche", cuento que Marcial Fernández incluyó en la antología *La puerta de los sustos* (Ficticia, 2003) y que forma parte del volumen *6cuentos6 y uno de regalo* (Ficticia, 2010), que incluye "De regalo", que aparece a su vez en esta antología. Ese cuento da fe que Madrid me pertenece, abriendo sus calles y sus madrugadas a todo recién llegado hasta hacerlo sentir gato nativo entre sus parques y silencios. Quiero subrayar lo mucho y bueno que ha hecho Marcial Fernández, editor de Ficticia, como efelibata de cuenteros y sus cuentos en y desde México: la página electrónica *ficticia.com* es además una de las más exitosas páginas del Internet, auténtico planeta poblado exclusivamente por cuentistas de todo tipo de paisaje, talante y talento.

"True Friendship" es un cuento bilingüe, español-inglés y ha sido honrado por su inclusión en la antología *Best of Contemporary Mexican Fiction*, realizada por Álvaro Uribe para Dalkey Archive Press, 2009. Creo que revela la implacable necesidad de publicar próximamente cuentos que he escrito en inglés, porque fueron imaginados en ese idioma; es también otro relato que ha sido propuesto para convertirse en corto de cine y forma parte de *El álgebra del misterio*, volumen publicado por el Fondo de Cultura Económica en 2011 y minuciosamente cuidado por el también cuentista Omegar Martínez. Ese libro incluye "Siete unos" (publicado en la revista *Letras Libres*, gracias a Julio Trujillo; así como "Noche de ronda" también se publicó allí, gracias a Ricardo Cayuela; en ambos casos, gracias al director de la misma, Enrique Krauze). "De la secreta fórmula con la que se esfuman los enanos de este mundo" viene incluido en *El álgebra del misterio* y es cuento que me regaló Eliseo Alberto, admirado y entrañable *Lichi*, aliñado con referencias y añadidos de mi cosecha familiar.

Cierra esta antología de cuentos como montón de piedras una antología adicional de cuentínimos, como piedritas. Sucede que, así como puedo ocupar libretas en el intento por narrar historias más o menos largas, estructuradas, tramas y personajes, así también veo que he abultado no pocas libretitas con ideas que podrían alargarse en cuento, pero que se quedan en eso que llaman mini-ficción, micro-relato... o *cuentínimo*. Al final, lo dicho: puras piedras que fueron arena para volverse vidrio, ventana o espejo.

JFH
Cincuenta años

Índice

Este libro terminó de imprimirse en Octubre de 2012
en Editorial Penagos, S.A. de C.V., Lago Wetter
núm. 152, Col. Pensil, C.P. 11490, México, D.F.